最悪よりは平凡

理生

母はどことなく億劫そうに茹でたほうれん草を絞りながら

「魔美（まみ）ちゃんって、案外、魔美って感じじゃないわよね」

と言った。

私はスマートフォンから顔を上げた。母はほうれん草の根元を切り落とすと、包丁で払うようにしてシンクに落とした。

「え、どういうこと？」

とようやく訊き返した私に

「名は体を表すっていうじゃない。だけど魔美ちゃんは全然そんな感じじゃないから、小説や映画の主人公みたいにはいかないものだなって」

母はそう語って、調味料棚に手を伸ばした。いくつもの透明な容器の中から、茶色い砂糖が入ったものを取る。

コーヒーを飲んでいると、振り返った母からすり鉢を渡された。歳をとっても頬がこけずに張ったままの感じが、自分とよく似ている。

おそらくはほうれん草の胡麻和えのための黒ごまをすりながら、広いけれど古いリビングを見渡す。大きな飾り棚には本や家電の説明書と共に陶器や絵画などのお土産品が詰め込まれている。最近の断捨離ブームとは真逆の混沌に、ふと疲労を覚えたのは、いつか私がここを片付けることになる未来を想像したからだった。

視線を飾り棚の上へ移すと、鳥かごの中からポトスの葉が垂れていた。その間も母は喋り続けていた。

小説と言えば最近ね、朝日新聞の書評欄に載ってた韓国の小説を読んだの。祖母をテーマにした短編集でね、すごく良かったわよ。最近はやっぱりなんでも韓国ね。日本の本って自分語りとセックスの話が意外と多くてなんか疲れちゃうのよね——母の言葉は保護者というよりは、女友達の少ない女友達の一人語りを思わせる。

元英文科とはいえ今はソフトウェアの販売会社に勤めていて読書は趣味程度の私は、そうなんだ、を繰り返しているうちに、ポトスの鉢が押し込まれた鳥かごにインコが飼われていたことを唐突に思い出した。

「お母さん、鳥かごのインコってどうしたの？」

私が尋ねると、母はあっさり言った。

「インコなら死んだわよ」

「え、なんで？　病気かなにか」

「掃除機に吸い込まれて、窒息死したのよ」

すぐには言われたことが飲み込めなかった。

どうやら兄が室内でインコを放し飼いにしていたときに、それを知らない母が掃除機のヘッドを外して飛んでるハエを吸い込もうとして起きたことらしい。

「ひどいわよね」

母があまりにきっぱりと誰に向けられたものか分からない、ひどいわよね、を口にしたので、私は、そうね、と無感情に同意して、カップを置いた。一時間前に実家に帰ってきてからコーヒーを飲み続けているせいか、お腹が少しゆるくなってきた。

「魔美ちゃんはバードストライクって知ってる？」

私は、知らない、と首を横に振った。

「鳥が人工物に衝突する事故のことなの。飛行機のジェットエンジンの故障の原因にもなるんだって。エンジン部分の吸い込みは強力でね、事故防止のためにフィルターを取り付けようとしても、そのフィルターごと吸い込まれちゃうくらいなの。飛行機が低空を飛ぶ離着陸時の前後十一分は事故が多くて、魔の十一分間って呼ばれてるのよ」

真面目に話を聞いていた私は我に返って、尋ねた。

「それがなに?」

母は真顔で言い切った。

「だから、うちでもバードストライクが起きたのよ」

えっ、そういう話なの? どう考えてもヒューマンエラーによる死だけど。ドン引きする私に

「それはそうと、読んで感動した韓国の小説なんだけど」

と平気で話を引き戻した母の瞳は妙に若々しく、目元に皺がない分、口を開くたびに両端に皺が走ると、顔の上半分と下半分が十歳近く離れているように映った。

分裂したような母の顔を見ながら、もし今のこの会話が私自身の物語として書かれたものだったら、母はその本を読み続けるだろうか、と考える。なんとなく閉じてしまうのではないかと思った。

そもそも母は私にあまり興味がないように見える。そのわりに自分のことはなんでも理解してもらえると信じて疑わないことが、思えば、ずっと不思議だった。

「魔美ちゃんは何日まで会社なの? 今年」

ようやく自分のことを訊かれて、かえって返事が遅れた。うん、と一拍置いて、答える。

「仕事納めは二十八日」

「そう。年末には帰ってくるんでしょう?」

「まだ分からないかな」

「え?」

と母が怪訝な顔をした。

「なんでよ」

そう訊き返されて、なんで、と胸の内で問い直す。

「最終日は社内で納会やって、疲れて翌日は休んで、あとシステムは不眠不休で動いているものだから。エンジニアじゃない私が現地対応することはないけど、それでもトラブルの発生場所によっては」

「のうかい? 夏でもないのに納涼するの?」

「いや、そうじゃなくて」

とっさに強めに否定してしまうと、母は馬鹿にされたと思ったようだった。

「いいわよ。今時の仕事の話は私には分からないからいい」

私は軽く閉口した。

そもそも就活時に今の会社を選んだのは、兄が無職だから私は少しでも給料と福利厚生のいいところに、という理由だったことを思い出して、少しは文句を言いたくなったものの

「魔美ちゃんの好きな黒豆を煮て、お寿司だって取るつもりだったのに」

と言われてしまうと、無下にもできなくなる。

「そう。たしかにお寿司はいいよね」

母は煮え切らない私に軽くため息をつきかけて

「もしかして一緒に過ごす人がいるの？」

そのときだけ真顔で尋ねた。

数秒考えてから、その可能性をまったく想定していなかった自分になぜか感心した。

「全然。気配もないよ」

「そうなの。まあ、魔美ちゃんってワーカホリックだもんね。子供だってべつに欲しがるほど好きってわけでもないものね。だけど食事だけはきちんとしなさいよ。外食や市販の物なんて化学調味料とか農薬だらけなんだから。食材はちゃんとしたところで買ってね。分かってると思うけどね。魔美ちゃんは賢いから」

母はそう説くと、軽く腰をひねった。

「お母さんこそ、腰の具合はどうなの？」

「冷えると駄目。痛くて買い物に行くにもつらいの」

哀れな声を出す母に尋ねる。

「私が調べた整形外科、行ってみた？」

先週、平日の午後五時という忙しい時間帯に母から助けてくれと電話がかかってきたので、仕事しつつネットで散々調べたのだった。

「行ってない。だって電話したら全然つながらないんだもん」

「それは、評判のいいところだから。ホームページからＷＥＢ予約もできたはずだよ」

「よく分かんないのよ。魔美ちゃん、やっておいてよ」

自分が信じたものしか好まない母は、おそらく私が予約しても行かないのではないか。半ば諦めて、話の矛先を変える。

「お父さんは今日いないの？」

「そう。いつもの国会議事堂前」

父は元々新聞記者だったが、自分の考えるジャーナリズムをやりたいと言って、五十代手前でフリーになった。還暦を過ぎた今もたまに頼まれて記事を書いている。そして最近では与党の政治に反対する様々なデモに参加している。

夕飯は私の苦手なグルテンミートのハンバーグだと言われたので、理由をつけて帰ることにした。

玄関で靴を履いているときに、母は黒いニットのセーターについた毛玉を撫でつ

けながら、ついでのように

「そういえばお父さんと叔父さん、土地のことでなかなか話がつかなくて。弁護士を入れるっていう話になってるから、今度また魔美ちゃんにも多少お金のことでお願いするかも」

と言った。

「分かったよ」

奥の部屋から物音がして、母とおそろいのような黒いセーターを着た兄がのっそり出てくる。もうじき四十歳になるのに目元だけ若い感じが、母によく似ていると思った。

「魔美、帰んの？」

と帰る間際に言うのは、若干の後ろめたさがあるからだ。

「うん。お兄ちゃんは、なにしてたの？」

「……YouTuberの物まね動画、適当に流し見」

私は、そう、と呟いて、ドアを押し開けた。

魔美ちゃんまたねー、魔美またなー、という二重音声に送り出される。悪魔の魔に美しいと書いて、まみ、という名前を無頓着に呼べるのは血のつながった家族だけだろう。

駅までの帰りは、大量の銀杏の葉が歩道脇に溜まっていた。多少の泥にまみれていたが、それさえも黄色と黒のコントラストが綺麗だと感じるほど鮮やかだった。ぼんやり見惚れていると、木々の間から鳥が飛び立ち、インコのことを思い出す。やべえな、と通行人に聞こえないように小声で呟く。

娘に「妖艶な美しい娘」をイメージした魔美という名前をつけて、掃除機でインコをうっかり吸い込み、ニートに近い四十間近の長男を見てみぬふりして、デモや新聞の書評欄には敏感なのにお金には無頓着で私にすぐ頼ろうとする実家は、変わってる、とか、面白い、とかじゃなくて、たぶん将来的にはシリアスな方面に若干まずい。

一人暮らしの部屋に帰った私は、スリッパに足を突っ込んで、セーターを脱いだ。首を引っこ抜くときに乾燥で髪がちりちり鳴ったので、オイルヒーターと加湿器を両方つける。

鏡の前でシートパックを外した顔を眺める。広い額と細い目鼻と唇。顔が大きいわけでもないのに余白の目立つ顔を、幼い頃は親戚の老人ばかりが「将来は美人になる」と言ったが、特にそうはならなかった。

一度、大学時代に泥酔した一個上の男の先輩から面と向かって「和田はブサイクではないが可愛くはない」

と言われたときには衝撃を受けた。

「だからおまえは顔が和田で、首から下だけが魔美だ！」

という放言に怒れなかったのは、たしかに言い得て妙だ、と納得してしまったからだった。

三十代になってからはさすがに体のラインが崩れてはきたものの、若い頃は電車内の中吊り広告で水着姿のグラビアアイドルを目にすると、体つきだけは自分と似ている、と思うことが何度もあった。

社会人になって恋人と別れて飲み会に参加する機会が増えると、いわゆる体目当ての男の人がちらほら現れ始めた。最初は恋愛との区別がつかなくて勘違いしただけど、そういう男の人には実は彼女がいて、暗黙の了解のように二番手扱いを受けているうちに、「好き」はまあ真剣で「可愛い」はその次で「体がエロい」はもはや誰でもいいのだ、と悟った。

そんなときに大学の先輩が言い放った暴言を思い出すと、首から下だけが魔美だからなと暗澹（あんたん）とした。ただ、あれも私が例えば、ゆみ、とか、かなこ、とか、そういう一般的な名前の女子だったら、わざわざ言われることでもなかった気もする。

不幸とまでは言い切れない大小さまざまな嫌気を持て余して、私はＩＫＥＡの巨大なくまのぬいぐるみに抱きついて、ふて寝した。

土曜日の午前指定にしたワーキングチェアが届かず、昼ご飯の買い出しにも出られずに部屋で待機していると、午後一時をまわったところでようやくインターホンが鳴った。

ドアを押し開くと、配達員の男性が帽子を取って、頭を下げた。癖っ毛の髪は水で戻す前の若布(わかめ)のように縮こまっている。

「遅れて申し訳ありませんでした！　年末近くて、混雑してまして。組み立てのオプション付き家具なので、今から外の廊下で作業させてもらいます」

彼は若干の疲労と言い訳が入り混じった顔でそう謝ると、マンションの外廊下を振り返った。ちょっとドアを開けただけで、ひえびえとした空気が流れ込む。

ここに引っ越してきてから、何度か顔を合わせたことのある配達員だったので

「寒いので、中でも大丈夫ですよ」

と私は腕組みしたまま言った。それからすぐに、よけいなことだったかな、と考え直す間もなく

「そうですか、それでは失礼します！」

彼は床に傷がつかないようにフロアシートを手早く敷くと、段ボール箱を運び込んだ。つなぎの制服を着た男性の体が目の前を素通りしていくと、ちょっと失敗し

たかな、と一瞬思った。

室内に入った彼は段ボール箱を開封して、床にパーツを手際よく並べると、黙々と組み立て始めた。気になってしばらく眺めていたが、かえって気まずいと思い直し、私もダイニングテーブルにパソコンを開いて仕事をすることにした。

「キーボード、打つの速いんですね」

配達員の男性が椅子の足をくるくる回してつけながら、言った。私は軽く笑ってお礼を言った。

「十年以上やってる仕事ですから」

「あー、そうなんですか。それなら僕、ほぼ同世代かもしれないです」

「そうなんですね」

などと会話して、十五分もしないうちにワーキングチェアは完成していた。私は感動して、立ち上がり
「速いですね。手際良くて、すごいです」

と言ったら、配達員の男性は照れ笑いしながらサインが必要な確認書を差し出した。

和田魔美、というサインを数秒ほど長く見た彼が急に真顔のまま見つめ返してきた。え、と思っているうちに服の上から胸を触られてキスされそうになり、とっさ

に飛び退いたら壁に軽く後頭部を打った。

「あ、あのっ、大丈夫、ですか？　や、てっきりそういうお誘いかなと」

彼が気まずそうに言った。そのわりにまだ欲望をしまい切れない目をしていたので

「あの、本当に違います。帰ってください」

後頭部を押さえながら冷静に頼んだら、彼は素早く帽子をかぶり直して、玄関へと足早に向かった。

スニーカーを履いてから、こちらを向いた彼が不安げに

「すみません、このことは会社には」

と言いかけたのを遮って

「大丈夫、言わないです。私も誤解させたので」

私は早口に答えた。

配達員の男性はほっとしたように頭を下げて出ていった。廊下を遠ざかっていく音をドア越しに確認して、私はいそいでチェーンとカギを掛けた。数秒遅れで心拍数が跳ねあがり、体がふるえる。けれどこういう事態はそれなりに遭遇することでもあった。自衛が足りないのだと毎回反省する。でも、三百六十五日のうちの一日でも油断したら起きる事故は本当に私のせい？

ワーキングチェアは二、三回座ったら、がたつくようになった。締めてもらった

ネジが一本緩んでいたのが原因だった。自分でやり直した。

会社についてパソコンを立ち上げると、社内チャットに氾濫した川のような無数の対話が流れてきた。若手の社員に対するダメ出しや、仕事をフォローしてくれた先輩へのお礼など、普段は個々に動いていて分かりづらい人物相関図が見える。

私も今日の業務連絡を書き込んでから、在宅勤務中の後輩の資料準備の雲行きが怪しいことに気付き、明日以降、一度打ち合わせしようと書き送った。

『おつかれさまです！　今週の僕の空き予定です。
火曜日14時〜14時半
水曜日16時15分〜16時45分
金曜日16時〜16時45分
子供の保育園のお迎えがあるので、17時以降は不可です。』

そのメールを読んだ私は軽く額に手を添えた。

手帳を開き、水曜なら午後のミーティングはＺｏｏｍ二本だけだったことを確認する。十六時までには終わるはずだ。

水曜なら大丈夫だと返事をすると、悪びれることなく
『分かりました！』

と返ってきた。

後輩の田嶋には二歳になる娘がいて、この男性が多い会社で初めて育児休暇を取得した彼は、他部署の女性社員たちから「うちも見習ってほしい」とウケがいい。最先端の製品を扱っているだけあって、上司たちも今時はそういうものだろうという理解がある職場で、田嶋は堂々と十七時に上がって保育園のお迎えに行く。ちなみに奥さんは大手不動産会社の営業職だそうだ。

帰りに後輩のさおりちゃんと一緒になった。夜の駅のホームで二人とも寒い寒いと木枯らしにふるえた。

「さおりちゃんは双子のお子さん、何歳になったんだっけ？」

私が腕組みしながら尋ねると
「あ、おかげさまで、年明けに五歳になります」

と彼女は答えた。

「年明け？」

「そう、元旦生まれなんですよ」

「双子で元旦なんて、おめでたいね」

彼女はスマホの写真を見せてくれた。茶色いクマの耳がついた帽子をかぶった男の子たちが写っていて、緊張なのか微妙に仏頂面をしているのも含めて可愛かった。

「この写真、最高だね」

「お揃いコーデは双子の醍醐味ですからね。こんな格好させられるのは小さいうちだけですし」

とさおりちゃんは笑った。

「寒い季節になると、やっぱりお子さんが風邪ひいたりして、大変なの？」

「あー。まあ、そうですね。それでも保育園で病気をもらってくることは減りましたけどね」

私は、そっか、とひとりごとのように言った。ウールのロングコートとダウンジャケットで大きくなった私たちの影がプラットホームでゆらゆらしている。

「さおりちゃんって、田嶋のことはどう思う？」

思い切って、訊いてしまった。

彼女はきょとんとして

「田嶋君がなにかやらかしたんですか？」

と返した。

背が高くて体が大きくて凜々しい顔をしたさおりちゃんは、年齢差を忘れて皆が頼ってしまう存在だということもあり、私もつい口を開く。

「かならず定時に帰りたがるのは仕方ないとしても、打ち合わせの調整のときにあっちから、いつ空いてますか？　ていう一文が常にないのが微妙に腹立つんだよね。自分の都合のいい時間を一方的に書き送ってくるって、合理的なんだろうけど毎回はどうなのかなって」

「ああ、メール文って、今、二極化してますよね。ＬＩＮＥ感覚で一、二行がいいっていう派と、最低限はきちんとした文章で書く人と」

「そっか。まあ、私はみんなと違って理系じゃないから、そのあたりが簡略化できないだけかもしれないけど」

「丁寧なのは和田さんの素敵なところだと思います。田嶋君がアバウトなのは事実ですし」

彼女にそうフォローされて、まるで誘導したような自分をにわかに鬱陶しく感じる。それでもこちらから出した話題を中断することができず
「ありがとう。男女平等はいいことなのに、なんで田嶋のために私が常に時間を譲らなきゃいけないのかって思うのって古いし、パワハラかもしれないけど……ていうか、ごめんんね。私の心が狭いだけだね」

子育て中の社員に対する批判のようなことを言ってしまい、慌てて下手くそな謝

罪を付け加えた私に
「いやあ、でも和田さんのおっしゃること、分かりますよ」

さおりちゃんはあっさり同意した。

「私たちが恐縮したり我慢したり頭下げたり怒ったりして勝ち取った価値観を、田嶋君は無邪気にいいところ取りしてるんですよ。働く女がすみませんって頭下げてきたんだから男も育児のために頭下げろっていうのは、暴力的かもしれないけど、要は仕事の現場で、仕事よりも家庭優先ですって態度に出しすぎるなって話じゃないですか。露骨に二番目にされたら誰だって気分は良くないですよ」

そう淡々と語るさおりちゃんは、大事なものを時に大事じゃないふりまでして結果的に守っているのだ、と悟る。不満だけになっていた自分が恥ずかしくなる。

少し煮詰まっているのかもしれないと思い、翌日は半休を取った。要はずる休みだが、個々の仕事さえ予定通りにこなせば、そのあたりの裁量は自由なのが私の勤める会社のいいところだ。

退社するときに、お昼休憩に入った女性たちとエレベーターで一緒になった。

「これからお昼？」

「うん。今からトスカだけど、和田さんも行く？」

トスカは会社近くにあるこぢんまりしたパスタ屋で、ウニやらルッコラやらをふんだんに使った味の濃いパスタが人気だ。

「半休取ってて、もう帰りだから」

「そうなんだ。また今度」

皆に微笑まれて、私はありがとうと笑い返した。心の中だけで、数日前に配達員の男の人に部屋で迫られて凹んでるんだ、とこぼす。

私はいつも上手く被害者になれない。世の中は連帯がブームだけど、私はどちらかといえば昔同性に「べつに綺麗でもないくせにモテ自慢する痛い人」と何度か陰で言われたこともあって、未だにあんな暴行未遂みたいな出来事まで一人でしまい込んでしまう。思えば、起きた出来事よりも、その反応のグラデーションに傷つくことが多かった。そのわりにさおりちゃんみたいに誰でも頼れると分かっている子には唐突に田嶋の愚痴をこぼしてしまう。誰に対しても距離感のバランスが未だに摑めないところがある。

駅近くの路地を入ったところに、黄色い暖簾の味噌らーめん屋はあった。普段は男性だけの行列ができているが、今日は少し早めに着いたからか、すんなり入店できた。

カウンター席ではお客が麵を啜る音が響いている。らーめんを待っているお客は静かに店主の動きを見守っていた。めったに喋らない店主が寸胴鍋と調理台の間を無言で往復している。

店主はどこにそんな力があるのかと疑うほどに大量の野菜をどっと入れた中華鍋を振り、茹で上がったらーめんに野菜炒めと特製ラー油とチャーシュー五枚をこんもりかけた。私も他のお客さんたちとその様子を見ているうちに、配達員に無遠慮に触られた感触や、仕事の些細な違和感や、さおりちゃんの大人らしい反応や、兄のおどおどした笑顔や、お金の話をするときだけ私と目を合わせない母のことを少しずつ忘れていく。食欲だけが残る。

目の前に大盛りの味噌らーめんのどんぶりが置かれた。私は割りばしを手にして、いただきます、と言った。

白いモヤシはまだ半分透き通っていて、しゃきしゃきの食感が口の中でスープと馴染んだ。豚バラチャーシューは昔ながらの醬油味。そこに辛い味噌スープと縮れ麵とニンニクが合わさる。化学調味料、上等。不健康に美味しくて、脳まで脂が行き渡るようだった。

無心に半分食べすすめて、となりの席にあった胡椒に手を伸ばす。

いくぶんかあっけに取られた男性の顔が向けられて、あ、と私は小声で呟いた。

今年の春に横浜支社から異動してきて、直属の上司になった岩井さんだった。

彼は素早く胡椒を取って差し出した。

「好きなの？　この店のらーめん」

「ええ、……はい」

岩井さんは押し殺した声で含み笑いして
「どうりでいい食いっぷりでした」

と言った。空になった彼のどんぶりは、私よりも一つ下のサイズだった。

「ごゆっくり」

彼は椅子から立ち上がり、軽く片手をあげた。私は、おつかれさまです、と軽く会釈を返した。普段は飲み会でも口数が少ない人なので、個人的に笑いかけられたのさえ初めてだった。

完食して外へ出ると、店の脇で煙草を吸っている岩井さんがいた。まだいたんだ、と心の中で思ったタイミングで、彼のほうから話しかけられた。

「和田さん、今日は半休だっけ？」

「はい。ちょっと実家に用があって」

と伝えてから、はたと、自分だって家庭の用事なら仕事を差し置いてもいいと思ってるじゃないかと少し気まずくなる。

岩井さんは屋外の灰皿に吸い殻をゆっくり押し当てると
「あの大盛りらーめん、一心不乱に食ってる女の人、初めて見たよ」

とまたおかしそうに言った。まるで映画のお気に入りの場面について語るような親しみを含んでいたので、心が解きほぐされたようになり
「ストレスが溜まると、時々、思いきり、ここのらーめんが食べたくなるんです。食べているうちに、自分なりに色んなことを納得するというか。そういう場所っていう感覚がなぜかあるんです」

私は気付いたら、そんなことを語っていた。

「そうか」

岩井さんはおもむろに頷くと
「大事な時間なんだね。和田さんにとって」

と言い添えた。

「分かります？」

意外に感じて訊き返す。

「うん。俺もなんとなく仕事が上手くいかないときには、かならず一人でここっていう焼きとん屋があって。体とつながってるんだなって今気付いたよ」

私が無言でいると、彼はふいに真顔になって、そういうことじゃないのかな、と訊き返した。

「いえ。そういうことだと、思います。すごく伝わっていたことが、嬉しくて」

私が戸惑いながらもそう伝えると、岩井さんは丁寧な笑顔を見せて

「こちらこそ」

と言った。なんだか、どきっとした。

「頑張ってると、知らず知らずのうちに自分のストレスを食べてるようなときもあるからね。和田さんも美味いもの食って、適度に休んで」

そう諭す岩井さんはたしか一度離婚していて、そのわりに身ぎれいなので今はもう新しいパートナーがいるんだろうと勝手に思っていたが、その生活感の淡さには自分と同じ独り身の雰囲気を感じた。

「そういえば関係ないけど、和田さんってエスパー魔美から名付けられたの？　俺、最初に名簿見たときはびっくりしたよ」

などと言われたので、私は普段なら適当に笑って受け流すところだったけど

「違うんです。親は美人で妖艶な娘をイメージして付けたみたいで」

とやんわり打ち明けた。

岩井さんは話のおかしさに気付いたのか

「うん」

とだけ相槌を打った。

「だから、たまに名前のせいで多少嫌なこともあります」

「うん」

岩井さんはまた頷いた。なんとなく、この人の、うん、はこちらの感情に寄り添うような響きを含んでいると思った。

「あるだろうな、と思うよ。そういうのは、自分で選べないものだから」

という返しに、彼自身の具体性を感じたので

「岩井さんも選べなかったもの、あるんですか？」

私はニンニクの匂いがする息を吐きながら、踏み込んだ質問をしてしまった。午後の日差しが傾いて瞼（まぶた）に差し、少し眩しかった。岩井さんを見上げているからだと気付き、意識していなかったけど背の大きい人なのだな、と思う。

「うん、たくさんあったよ。選べないこともあれば、選ばれなかったことも。和田さんよりはだいぶオッサンだからね」

そう冗談めかして笑った岩井さんに卑屈さは感じなかった。ただ単純に、照れ臭がっているように見えた。ぎりぎりまで短くした髪はもしかしたら薄くなった対策かもしれないけど、強い眼差しによく似合っている。ひさしぶりに男の人と話していて安心感を覚えた。

だけどそのときに、社内の独身の後輩女子が、私わりと岩井さん好みかも、と前に話していた記憶がよぎった。

たとえば岩井さんと無理やり寝るだけならできるかもしれない。でも、二番目じゃなくて一番になるにはどうすればいいか私には分からない。

私のほうから話を切り上げるようにして、その場で別れた。

夜の国立公園でふわふわ浮いた蛍を恋人と手をつないで見たとき、私はまだ二十代だった。

大学時代に登山のサークルで出会った恋人は短髪で背が高くて私よりも痩せていて、他の男子学生に比べるとシャイで物静かだった。私の外見のことはほとんど口にしたことがなく「なんでも一生懸命な性格が好き」と言っていた。歴史好きの彼とはよく昔のお城や博物館に行った。

彼にふられたのは、地元の幼馴染の女性が急性白血病になったと言って、お盆休みに彼がお見舞いに帰った後だった。中学時代に初めて付き合った子で放っておけないと告げられた。あまりにその理由が彼らしいので、私は泣きながらも嫌いになることができなかった。

別れた朝、一人きりで部屋に残された私は薄く浅く手首を切った。表皮が弾けて薄く血が滲んだだけで、数分後には止まっていたように記憶しているけれど、左手首には今も白く細い傷跡が残っている。

他人の人生相談として聞いたなら、「そんなに昔のことをまだ？」と驚いてしまうだろう。だけど私は時が経った今も、また捨てられるかもしれなくて怖い、と身がすくむ。内面でも外見でも唯一無二になれないなら、どうすればいい。

午後から新宿でひさしぶりに映画を見た。二時間半もあったけど、浮気された夫が過去とこれからを整理し直していく穏やかさに、私はすっかり引き込まれた。

劇場を出る頃には日が暮れていた。夕暮れの街が、映画の余韻を胸に強く浮き上がらせる。まっすぐ帰りたくなくて、自宅の最寄り駅まで戻ってから、近所で一軒だけ早く開いているバーへと向かった。

午後七時前の店内にはまだお客さんはいなかった。

私はカウンターの一番奥の席に座った。味噌らーめんのおかげでまだお腹は空いていなかったので、カクテルだけ頼んだ。

注文を終えた私はカバンから本を取り出して、開いた。視界の隅っこで上下する銀色のシェイカー、酒棚に並んだウィスキーの琥珀色。いい意味でどこにでもあるようなバーの落ち着きが、自分の揺らぎまで消し去ってくれるようだった。

本を十数ページ読んだところで、休憩して顔を上げたら

「自分、じつは来月でこのお店を辞めて独立するんです」

と言われて、私は、はい？　と訊き返した。

雰囲気のある目をした黒髪のバーテンダーの男の子は、グラスを拭きながら笑って

「いつも素敵な本を読んでますよね。なにげにずっと気になってました」

と言った。

私が開いていたのは『同志少女よ、敵を撃て』で、長すぎた今年の夏に涼しさを求めて買ったものの、やはりモスクワという舞台にふさわしい気温十度以下の季節まで取っておいた本だった。

「ありがとうございます。本は好きなんですか？」

と私は訊いてみた。年齢差を考えれば敬語じゃなくても良かったが、年下だから即タメ口というのもかえって中年臭いように思えた。

「いえ、全然です。最近TikTokで初めて『走れメロス』のあらすじ知りました」

「そうなんですね。それで、えっと、独立？」

質問してから、カクテルを一口飲んだ。この季節になると注文する雪国は甘くて冷たい。

「そうです。この店、俺はマスターが休む水曜と日曜だけやらせてもらってたんですけど、元々独立するのが夢で」

「すごい。ちなみにまだお若いですよね？」

「はい。自分まだ二十四歳なんで。ただ飲食店は十代の頃から掛け持ちして働かせ

てもらってたんです。たまたまいい物件見つけて。良かったら、開店したらご連絡させていただいてもいいですか？」

彼はスマートフォンを取り出した。

たしかに普段は違うマスターが店に立っていることが多いので、このバーテンダーの男の子にお酒を作ってもらったことは、たしか、三、四回程度だった。とはいえ味も普通に美味しいし、若い子の夢は応援したいという気持ちもあって、私は、いいですよ、と答えた。

ＬＩＮＥを交換して初めて、石田君、という名前だと知った。

「魔美さんってすげえ、源氏名みたいですね」

と彼が声をあげて笑った。

「一カ月間くらいは開店準備でばたばたするんですけど、代わりに夜は空くんで、良かったら飲みに行きましょうよ。色々勉強したいので」

飲みに行く？　一瞬、疑問符が頭の中をよぎった。遊びたいだけの男の人たちの話の展開のおかしさが走馬灯のようによぎったものの、さすがに年下すぎるので、分かりやすく警戒するのも勘違いしているように思えた。むしろ奢ってほしいのかな、とも考える。自分の新しいお店に誘導しようともしているし、分かりやすい計算高さは感じたものの

「楽しみだなー。自分まだ視野が狭いので、本のお話とか、色々聞かせてください。もしおすすめがあれば、次までに読んでおきます」

にこにこと愛嬌をふりまかれて、悪い子ではないのかな、と思ったが

「本の好きな彼女っていいですよね。男の憧れじゃないですか」

という社交辞令には、さすがに苦笑してしまった。

「石田君、目の前にラケット持ってる女性がいたら、テニスできる彼女っていいですよねって言うでしょう」

「それはないです。自分、テニス部だったんで、そこに憧れはあんまりないんですよ」

きっぱり否定されて、言い返す言葉も浮かばずに黙り込む。

「魔美さん、もしかして照れてます？　可愛い表情してるから」

二人きりの店内だということもあって、嘘でも軽く動揺した。

「年上の大人をからかわないで」

「大して違わないですよね？」

彼が表情を変えずに訊き返すので、どこまでが嘘だか、どこまでも嘘なのだか、さほど恋愛慣れしていない私は判断がつかなくなってきた。だからきっぱり線を引くつもりで答えた。

「違わないどころじゃない。私、今年で三十七歳だから」

一瞬、石田君が珍しい動物を見るように目を見開いてから、言い切った。

「えー、見えない。だって魔美さん、可愛いですもん」

傍目には空々しいくらいでも、それなりに綺麗な顔をした男の子から可愛いなどと言われたら、化学調味料程度には脳が痺れる。現実の私は、実家はヤバいし、出産とか結婚以前に恋愛すら怖くて十年近く前の記憶で止まったままの三十代後半なのだと理解はしていても。

「じゃあ本当に良かったら、今度飲みに行く？　食べたいものあれば、開店祝いにごちそうするけど」

「本当ですか？　めっちゃ嬉しいです。え、いつ空いてます？　俺、魔美さんに全然合わせますよ」

彼はグラスを拭く手を止めた。いつ空いてます？　というフレーズを心の中でくり返しながら、私はスマートフォンを開いて、予定のない日を伝えた。

会議室で向かい合った田嶋に、先ほどから説明資料の改善点を提案しているものの、その反応に手ごたえがなかったので
「田嶋君はどう思ってる？」

と業を煮やして私は訊いた。

田嶋は唇をすぼめたまま

「和田さんが言うことも、もっともだと思いますよ」

と相槌を打った。

「けど、僕としては、あんまりそこを説明しすぎると、予算多めに提案してるのをかえって先方に突っ込まれる危険性あるなと思ったんで。そういうかけひきだったんですけど」

私は、なるほどね、と同意した。

「ただ、これだと後から運用し始めたときに、言った言わないで揉める可能性があるから、この表4と表8に関しては、少なくとも明確に実現できるかどうかを、打ち合わせの段階ではっきりしたほうがいいと思う」

面子（メンツ）を尊重し合うような沈黙が生まれたため、よけいなことは言わずに、テーブルに頬杖をついて待った。

田嶋が特になにも言い出す気配がなかったので

「ちなみに直してもらったら、もう一度だけチェックしたほうがいいと思ってるんだけど、その時間って」

とこちらから切り出すと

「あ、それなら僕の空き日程ですけど」

などと一方的に喋り出そうとしたので、とっさに遮った。

「田嶋君、そもそも日程の提案の仕方もどうかと思ってた」

彼は面食らったようにまた唇を小さくして、はい、と、ほい、の中間くらいの声を出した。

「えっと、僕なにか失礼なことしましたっけ？」

「相手の予定もあるんだから。自分の都合だけを一方的に列挙するのは印象悪いと思わないかな」

するると田嶋はまったくピンとこなかったように腕組みして

「え、でもそれって無理なら無理って言ってもらえればいいことですよね？　社外ならまだしも、いつにしましょう、なんて社内でいちいち何往復もするほうが時間奪うと思ったんで」

と反論した。彼の主張にも納得するところはあったので、私はいったん感情を引っ込めた。

「たしかにそうだね。ただ、田嶋君。その予定調整は話し合いじゃなくて、相手が合わせてくれてるんだよ。じゃあ、ひとまず資料で赤丸付けたところの再検討はお願いね」

「はい。分かりました。じゃあ、必要なら、それは直します」

必要だから直せという話をしたつもりだったので、耳を疑う。田嶋はさらに資料をめくりながら付け加えた。

「こだわるのも大事だとは思うんですけど、予算の調整もあるからなるはやでＯＫもらえたら嬉しいです」

別に感情的に納得しなくても仕事は成り立つ。けれど相手がいる以上は礼儀と丁寧さを大事にすることが、そんなに的外れなのだろうか。

会議室を出るときに、私から気を遣って
「寒くなってきたけど田嶋君のお子さんはインフルエンザとか大丈夫？」

と質問してみた。

途端に田嶋は表情を生き生きとさせて
「はい。今年はまだ運良く元気にしてるんですけど、高熱出すと、本人がつらそうでかわいそうなんで、できるだけもらわないほうがいいんですよね。だから僕いま飲み会なんかも気を付けてて」

と語ることのなにが間違っているのか、にわかに分からなくなる。

田嶋の娘が彩子（あやこ）という至極真っ当な名前だったことと、大学時代に私が密かに憧れていたミスキャンパスの同期生もまた同じ名前だったことを、なんとなく思い出していた。

会社帰りに気軽に寄れるヘアメイクサロンを初めて予約した。

瞼の余白が淡いトーンの色で埋まり、オレンジ系のリップが鮮やかに映えると、自分は案外、流行りの化粧が似合う顔なのだと知る。

改札口で待っていた石田君の私服は想像よりもカジュアルだった。ひさしぶりにフードの付いた上着を着た男の子と並んで歩いた。

ちょっと高級な海鮮居酒屋で、私がウールのコートを脱ぐと、石田君がすかさず

「魔美さん、やっぱりそこまで俺より上に見えないです。今日特にいい感じですね」

などと、すらすら誉めた。

「ありがとう。石田君はすらっとしてるから、バーテンダーの制服もカジュアルな服装も、なんでも似合うね」

「えー、嬉しい。俺そこまで背は高くないんですよ。ぎりぎり百七十くらいなんで。魔美さん、飲み物って最初はビールにします？　日本酒も種類揃ってるから迷うな」

私はざっとメニューを眺めて、高いけれど心惹かれた山形の十四代を頼むことにした。石田君の分も頼んであげると、彼はお酒を口にしてから、これびっくりするほど旨みありますね、と言った。

石田君がほとんど一人で喋って、私が笑うと、すかさず質問を返してきて、今度は聞き役にまわり、会話が途切れると、また話題を提供してくれた。

男性ってこんなに喋るものだっけ、と内心驚いたが、よく考えてみれば私も彼くらいの年の頃は、明け方まで飲み歩いて声が出なくなるくらい喋り倒していたのだ。それこそ同世代の女同士で集まれば、全員がビーチフラッグスの大会にでも出場するみたいに全速力で話の主導権を取りに行っていた。

自分のほうが先に酔いすぎないように、彼が喋っている合間に水を口に含む。大人の口数の少なさは、成熟というよりも、単に加齢による体力の低下かもしれない。

酔って二人で店の外へ出ると、石田君の新しいお店の話になった。

「ちょっと覗きます？　ビールくらいなら出せますよ。ハートランドって好きですか？」

彼はそう告げて、タクシーを拾った。私は想定外の展開に、内心十代の子みたいにどきどきしながらも
「うん。じゃあ、一杯、ごちそうになる」

などと返し、タクシーに乗り込んだ。

雑居ビルの三階までエレベーターで上がり、石田君が店の扉の鍵を外した。

店内は想像していたよりも狭かった。五席しかないカウンターの下には未開封の

段ボール箱が積まれ、棚に並んだグラスは凝った物ではなく量産品のように見えた。壁に掛けられたキャンバスはよく見るバンクシーのレプリカだったが、悪くない絵だった。

ハートランドの小瓶とグラスを出してもらい、飲み始めた。その最中に、音楽が流れていたことに気付く。主張が弱く耳触りのいい洋楽だったので、いつの間にか聞き流していたのだった。

石田君はカウンターの中で片付けをしながら

「この店、まだ全然自分のイメージには近付けてないんですよ。とはいえ家賃は発生するんで、来週までにはなんとかしないとですよねー」

とどこか他人事のように言った。

「そうなんだ。私、邪魔じゃない？」

「いいんです、俺も練習になるんで」

「それなら良かった。て、このコースターずいぶん張り付くね」

グラスを持ち上げたらコースターが一緒に宙に浮いて、ぱこん、とテーブルに落ちて跳ねた。やべ、と石田君が真顔で呟く。

「それデザイン気に入って買ったんですけど、水滴でそんなになるんですね。買い直そうかなあ」

「そうしたほうがいいかもね」

コースターを手渡そうとしたら、指先が触れた。そのまま石田君に手を握られた。

こうなると察していたのはどのタイミングだったのか。一つはっきりしているのは、これは「被害」じゃないということだけだった。かといって恋と呼べるほど自分を誤魔化せる年齢では、さすがにないのだ。ネットには溢れているけれど現実には口にしている社会人をほとんど見たことがない、自己承認欲求、という表現が脳裏に浮かんで、内心苦笑する。

私の部屋に来た石田君は、お酒に強いバーテンダーの本領を発揮した。コンビニの安いスパークリングワイン一本と缶酎ハイ三本を空けて、もう飲めないと降参してテーブルに突っ伏した私の髪を撫でた。

「ベッド、連れて行っていいですか？」

視線を向けると、石田君は左斜め下の角度から決め顔を作っていた。たしかに綺麗な鼻筋が生きる上手な角度で、これで何度も成功してきたのだろうな、と思った。

それでも私がまだ少し迷う様子を見せていると、石田君が空気を変えるように、にっこりして立ちあがった。

「お手洗い借りますね」

彼がトイレに消えると、私はベッドにすっ飛んでいった。そして枕元にどかんと鎮座していたＩＫＥＡの巨大なくまを抱き上げて、クローゼットに押し込んだ。

何事もなかったようにテーブルに戻って座って待っていると、髪を整えて戻って来た石田君に手を引かれた。

ひと回りも年下の彼が服を脱ぎ始めるまでは、その裸を想像できず、生まれたてのひな鳥にでも触れるような気分でいた。

けれど傷一つない上半身は、ごく普通に既視感のあるものだった。なぜならかつて二十代だった私には同年代の恋人がいたから、その年齢の体を既に知っているのだった。

むしろ石田君にとって未知なのは今の若干肉付きの良すぎる私の体だと気付いて怯（ひる）んだものの、彼は私の髪を撫でながら

「魔美さん、体きれいですね」

と言った。その顔から目をそらすと、羞恥心とあたたかなものとが胸の内で混ざり合って、不本意に泣きそうになった。

指を入れられると、さほど特別なことをされたようにも感じなかったのに、ある瞬間、下半身がじんわりと熱くなって力が抜けたので驚いた。幼児がつたない指で甘く結んだ蝶々結びをほどくような、あっけなさだった。彼が入ってきたときも、ほどよく気持ち良かった。懐に入るような会話からセックスまでじつにするすると

した子だな、と変に感心した。

引っかかりのないセックスをして、私の左肩に息をこぼす体を抱きしめながら、死ぬまでにあと何人と何回セックスするのだろう、と思う。あと何回恋愛、という言葉が出なかったのは、石田君との関係がすでに終わっていることを経験で知っているからだった。こうして肌を合わせることがどこにも辿り着かない、何度目かの自由と淋しさに想いを寄せた。それでも年下の彼と体を重ねている間、どんな場面よりも自分を年齢相応に感じて、自分のチューニングが初めてしっくりきたように思えた。それは想像していたよりも怖いものではなかった。むしろ清々しさを覚えた。

セックスが終わると、石田君は私の髪を梳きながら、また喋り始めた。

新しいお店の話をしていたときに
「ぶっちゃけ、あの規模だと一人客だらけになりそうだなー。だから数年やって金貯めたら、もう少し広い店舗に移転するのが理想ですよね」

と言われて、私は彼の横顔を窺い見た。

「一人客が多いのはいいんじゃないの?」

「いやー。一人客って単価低いわりには構ってほしい人ばかりで、正直、接客やるほうにしてみれば、そこまでいいわけじゃないですよ。魔美さんはいつも静かに本読んでる人だからいいけど、基本、男とか陰キャなのに他の女性客に話しかけたりするやつ いるから」

私は天井に視線を移しながら、そうなんだ、と呟いた。なんとなく、この話題の最中は、彼の表情を見ていないほうがいい気がした。

「じゃあ、どういうお客さんがいいの？」

「やっぱり友達多い人ですかね」

彼は即答した。

「他のお客さんも呼べて上手にコミュニケーション取れる人が最強ですよ」

私はベッドの中で石田君と密着していたつま先を、そっと離した。石田君にとって私はつい関係してしまったお客さんなのだと思っていた。けれど彼の中で私はそもそも来てほしいお客さんの一人でもなかったのだ。仕事後は一人が好きで客単価も低い、いてもいいけど、いなくてもいい年上の女の人。なんかつまらないな、と自分でも苦笑した。

翌朝、石田君からのＬＩＮＥはなかった。だから私も連絡しなかった。

ブラインドを開くと、寒さが深まっていて、椿はいっそう咲き乱れていた。東北地方では大雪に警戒してください、とニュースが伝えていた。

私は実家に電話した。母の眠たそうな声がした。

「お父さんの土地の相続の件だけど、私、お金出せないかも」

母は驚いたように、え、と訊き返した。

「この前と話が違うじゃない。どうしてそんな冷たい言い方するの」

どうして私が騙したような言い方するの、とそのまま返したくなった。

「今年は引っ越しもあったし。貯金もしたいけど、お母さんたちが要求してくる額ってそもそも私の収入に対して多すぎる」

「だって魔美ちゃんの収入なんて知らないし。それに前のアパートがうるさいから引っ越すって言ったときに、私もお父さんもいったん家に戻ればいいって言ったじゃない」

そもそも私が比較的会社から近い実家を入社早々に出たのは、会社をやめた父が書斎を欲しいと言い出したからだ。

正直、新卒らしいスーツで通勤している最中には痴漢やストーカーめいた被害に遭うことも多かった私はまだ実家を出たくなかった。

そのときに話し合う余地さえ与えずに、就職したんだから魔美ちゃんが家を出ればいいのよね、と言い切ったことも、たぶん母は忘れている。

「家に戻っても、部屋がないでしょう。私の部屋はお父さんの書斎になってるんだし」

「最近はお父さん、そんなに仕事があるわけでもないから、もう書斎はいらないって」

　私はおざなりに息を吐いた。母が若干むっとしたように言った。

「そんなに書斎のことが引っかかってたなら、昔その話が出たときに、嫌だってはっきり言えばよかったのに」

　そういう問題なのか？　と頭が疑問符でいっぱいになる。田嶋の台詞を思い出した。無理なら無理って言ってもらえればいいことですよね。

「ちなみに、お兄ちゃんはなんて言ってた？　私が実家に戻ることについては」

「知らない。ちょうどその頃、亜大陸（あだむ）の仕事のことで、お父さんと喧嘩してて、それどころじゃなかったの」

　なるほど、と納得する。彼らはその緩衝材として私を呼び戻したかったのかもしれない。

「その喧嘩はおさまったの？」

「おさまったわよ。最後は私が亜大陸を追い出すなら一緒に出て行くっていったから。お父さん一人で生活できるわけないんだから」

　母の優先順位は分かりやすい。兄の下に父で、父の下に私。そしてたぶん私の下にインコ。

私はわりと家族に尽くしているし、迷惑をかけずに自力で生きてきた。でも本当は、なにもできなくてべたべた甘えるだけの娘の魔美が、彼らの欲しかったものなのかもしれない。ごめんだけど。

「年収一千万以上あった人たちが、年収四百万以下の子供に気軽に頼るのは変だと思う。土地の問題も前々から分かっていたことなのに、揉めるのが嫌だから見ないふりしてたんでしょう」

「それでも魔美ちゃん一人なら、余裕で暮らしていけるじゃない」

「だから一人ならまだしも家族三人にニートされたら無理だって言ってる」

「ニートだなんて!? 魔美ちゃん、いくらなんでもひどい!」

いや、ひどいのはそっちだよ。

魔美なんてとんでもない名前だという考えは今も変わらないけど、温厚な兄の気弱な笑顔を見るたびに、亜大陸と書いてあだむと名付けられたことの負荷よりは軽いかもしれないと思い直す。私が首から下だけ魔美なら、兄はそれこそ頭のてっぺんからつま先まで亜大陸らしいところはないのだから。

母との電話を切って、またＬＩＮＥを開く。なにも届いていなかった。誰も私に用事のない土曜日の朝だった。

魔美という名前の意味を知ったときから、娘に対する一般的な配慮が両親に期待できないことは分かっていた。でもたぶんそういう話は世間に飽きるほど転がっていて、だからこそ人はお酒を飲んだり化学調味料に頼ったりなんとなく好きでもないけどセックスしたりする不健全さに延命措置を託すのだろう。たとえ長期的には体に悪いことでも。

一週間後、私から石田君に世間話をＬＩＮＥしてみた。表面的には親しげな内容が返ってきたものの、次の一通には既読がつかなかった。でもよく考えてみれば、私も石田君に会ったとして、話すことなどないのだった。

その三日後、会社の女性たちとの忘年会で酔った私は「痛いかもしれないけど貴重な経験をした」と唐突に石田君の話をした。年下の韓流アイドルが好きな秘書課の大木さんが「なにその夢みたいな話！」と食いつき、予想外に意気投合して盛り上がった。二軒目に行ける人たちで、会社に残っている人を呼び出そうという話になった。

岩井さんが駅前の安居酒屋に到着したときには、私は半ば記憶がなかった。

それでも引き戸を開けた彼が軽く噴き出す笑顔を見たとき、私はやっぱりこの人のことを好きになってる、と思ったことだけは覚えている。

泥酔しながらもなんとか最後までその場に残り、岩井さんに送ってほしいと頼んで、タクシーの中でこちらからお願いしてキスした。そのまま彼は私の部屋に来た。ベッドの上のＩＫＥＡのくまのことなどすっかり忘れていて、室内に入ってきた岩井さんが目を丸くした。

「オッサン臭いところがちょっと俺に似てて、親近感が湧くよ」

彼はくまの顔を持ち上げて、優しく笑った。その一言で、私は岩井さんには別れた妻との間に死んだ娘がいたという噂を思い出した。

「たしかに似てて、なんだか嬉しい」

と私は慎重に微笑んで頷いた。

二人でベッドに入ったら、岩井さんの体は予想外に締まっていて迫力があり

「元々キチンと丁寧な仕事をする人だと好感は持ってたけど、あなた、ここ最近妙にすごく色っぽかった」

と言われて求められたら急に不安になって

「ごめんなさい、やっぱり、今夜はやめてもいいですか」

と訊いたら、岩井さんは

「うん」

と短く頷いた。しばらく会話し、共通の話題も多いので楽しくてお互いによく笑った。

そのうちに岩井さんは申し訳ないから帰ると言い出した。私はとっさにその手を握った。欲しいものは願わなければ手に入らないし、願ったことは口にしなければ伝わらないのだ。

「一緒にいてほしいから、泊まっていって」

岩井さんはちょっと驚いたようだったけど、やっぱり

「うん」

と短く頷いた。優しい人だな、と思った。隣でなにもせずに寝た。

目覚めてキスをしたら、鋭く黒い目が私を見ていた。

今度はセックスも同じくらいに求め合い、私はなんだか私を生まれて初めて正しく使った気がした。

終わってからも無言で抱きしめられたので、これはたぶん上手くいく展開だと安堵しかけたとき、なぜか昔捨てられた恋人の名前が秋人(あきと)だったことを唐突に思い出した。引っかかりなくそれが浮かんだということは、正式に過去にできたのだ、と気付く。よく分からない形で解き放たれた私は、どうやら長い冬ごもりの時間を終えたらしい。

服を着て、テレビの前で並んで座って紅茶を飲んでいるときに

「遊び？」

と試しに思い切って尋ねたら、岩井さんは驚いたように

「違う。むしろ、ちゃんと考えて、いいの？」

そう訊き返されたので

「はい。そうしてもらえたら、すごく嬉しいです」

と答えて、私たちは付き合うことになった。先のことはまだ分からないけど、今週末には常連以外は予約が取れない焼きとん屋に連れていってもらうことになっていて、しばらくはそれなりに理由を見つけて生きていける気がしている。

深夜のスパチュラ

綿矢りさ

可耶(かや)の初めての手作りバレンタイン競走開幕。先々月のクリスマスイブに開かれた、一人身ばかりが集う、学内の小規模飲み会パーティーに勇気を出して参加したところ、そのうちの一人、羽久(はく)といい感じになることに成功した可耶は、一月二月の間に計四回のデートを重ね、満を持して明日二月十四日バレンタインを迎えることになった。羽久にチョコを渡すか渡すまいかギリギリまで悩んでいた可耶だったが、大学の授業後、意を決してチョコが豊富に売られてそうな繁華街を目指した。

羽久に惚れているのは確実なのになぜ直前まで決心がつかなかったかというと、可耶のなかに〝告白は羽久からしてほしい〟という乙女心が芽生えていたためだ。四回目のデートのときに告白されるのを最後の最後まで待ち望んだ可耶だったがデートは普通に終わり彼女の落胆は大きかった。バレンタインは無視して次またデートに誘われたら何食わぬ顔で行こうかと思ったが、イベントがデカすぎて恋愛が佳境を迎えている今、しれっとスルーするスキルが可耶には足りてなかった。

チョコなんか渡したら私の好きっていう気持ちがバレちゃうじゃん。恥ずかしいけど、付き合うか付き合わないかが明日で分かるのは、もう悩まなくていいからありがたいかも。もしくはいかにも〝告白〟とか〝付き合ってほしい〟とかの雰囲気は出さずに、本命と義理チョコの間みたいな雰囲気で軽く渡して流すのもアリかな。

ある日街角で♪お金もないし力もないし地位も名誉もないけど君のこと守りたいんだというサビの歌詞の大ヒット曲を偶然聴いて「そんな男に一体何が守れると⁉」と小一時間ほど怒っていたこともある可耶は、男女平等を目指す令和に沿って生きながらも微妙に男性に甲斐性とか責任とかを求めていた。

しかも羽久はデートの最中に街角のポスターを見て「もうすぐバレンタインかぁ」などと楽しみにしてそうな雰囲気で呟く、というダメ押しのような行為もキメていたので、可耶としてはもう逃げ場が無かった。

どんなチョコを渡すか、バスの中で色々と考えを巡らす可耶だったが、バス停に降りて寒風吹きすさぶなか、ロフトの入ってるファッションビルの自動ドアをくぐった時点でも結論が出ず、ほぼノープランに近かった。

まず手作りにするか出来合いを買うかもまだ決めてない。本気度で言うなら間違いなく手作りの方が高いが、たとえば手作りのものでも複数の人間に配れば単なるお菓子作りが好きな人みたいな印象で本命度は下がる。ただ可耶には羽久以外にチョコをあげたい男性は義理だとしてもいないし、友チョコ〜などといって友達の女子に配るキャラでもなかった。つまりチョコを手作りするなら羽久にしか渡せない。では売っているものを買って、二月十四日当日でなくてもいいから、今度どっかで会ったときに、これ良かったら食べてなどと言って、さりげなく渡すか。そう考えながらエスカレーターに乗っていた可耶は目の前に現れた三階で衝動的に降りたが、そこはまだユニクロでヒートテックコーナーが広がっていた。あわててエスカレーターに乗り直しながら可耶は自分がすごく緊張していることに気づいた。

明日に迫ったバレンタインに向けてまさに自分と羽久の運命が決まろうとしている、そんな気負いがどんどん高まり、とにかく何らかのチョコをゲットしなきゃ家に帰れない、と追いつめられている。まち一番の繁華街に来たので今いるファッションビルやら百貨店、チョコが売ってそうな洋菓子の路面店、チョコの原材料が売ってそうな高級スーパーマーケットも揃っているが、片田舎ではあるのでそう豊富なラインナップとは言えないだろう。またほとんどの店が20時に閉まり、20時を過ぎると街全体が死んだように静まり返るので、それまでに勝負を決めなきゃならない。すでに現在時刻は16時半、残りおよそ3時間半。各店舗は密集しておらず徒歩で15分ほどの範囲に点在しているので、移動時間も考慮に入れる必要がある。

チョコ一個買うために3時間半もあれば普通は余裕なはずだが、もし手作りにするなら帰宅後に調理が始まるため、徹夜の覚悟も必要だ。可耶は今まで一度もお菓子を自分で作った経験がなく、食べる専門だった。だからチョコを作るといってもピンときておらず、溶かしたあと冷やして固めるだけなら簡単だし、カカオ豆？から炒ったりするなら時間がかかりそうだなと想像していた。

やっぱ作んのはハードル高いわ。二千円ぐらいのチョコ買って帰ろうっと。

カナリアイエローのロゴが眩しい五階のロフトに着く。必要なものをどっさり陳列し、ディスプレイも華やかにして客を集めるロフトの仕様は、店内が広すぎるからか、あるいは整然と並べすぎているせいか、またはテーマカラーの黄色がパッキリ鮮やかすぎるからか、どこか倉庫感が拭えない。東急ハンズからＤＩＹの要素を取り除いたかのような内容の店内は、あまりにも販売点数が多いため、ぶらっと入ると次第に自分が何が欲しかったのか分からなくなってくるけど、今日みたいに目的がはっきり決まってる（チョコ）なら問題ない。大規模なバレンタインフェアが開催されていて、その楽しそうな華やぎに可耶は束の間緊張を忘れて、店内ライトを浴びてキラキラと輝いているチョコ群に歩み寄った。駆け込みでチョコを買おうと焦っている女性客たちがてんこもりに群がっているのにも士気が上がる。

思ったよりも色んな種類がある！　今までバレンタインフェアに出くわすと、自分には無関係だと避けて通るか、自分で食べる用のチョコを一個か二個買うかのムーブしかしたことなかったのに、ついに今年は人に渡すために買うのね。

昨年のバレンタインという言葉に対してまったくの無反応だった自らを顧(かえり)みて、今さらながら今年の自分の〝もしかしたら好きな人とカップルになれるかもしれない〟という急に人生の主人公に躍り出た身分を思い出し、可耶は自信を取り戻しつつあった。いわば一年前の自分にマウンティングをして見下す形で、急に余裕が出てきたのである。

どっちが告白するとかしないとか、考えてみれば小さなことだ。クリスマスイブの飲み会で知り合ったばかりの羽久と意気投合し、超順調にデートを重ね、あっちからの好意も伝わって来るし、自分ももちろん羽久のことが好きという、そして明日バレンタインという、この何もかも丸い展開においてなぜ憂鬱になる必要があるのか。絶対にホームランを打たせてもらえる接待野球のバッターボックスに立ったようなものじゃないか。同時に大学入学してから二年のときを無風で過ごした自分に初めて来たチャンスでもある。よし！　気合を入れるぞ！

しかし気合を入れたものの、なかなか、これぞというチョコに巡り合えない。ロフトの仕入れに文句をつけるわけではないが、どのチョコも、自分の羽久への想いの、ダイヤモンドのように輝く結晶と比べると、市販品はなんだか軽いのである。初めはその軽さが良いと思い、チョコあげて　軽く様子見　バレンタイン　でお茶を濁すつもりだったけど、目をらんらんとさせて吟味しているうちに、本命か義理か曖昧なチョコを買うだけじゃ物足りなくなっていた。

なになに、惑星デザインのチョコ？　シックでお洒落だけどコレ味はどうなのかな？　色はきれいだけど、美味しいかは食べてみないと分からない見た目だな。あと宇宙の闇をイメージしているのか横一文字のボックスが真っ黒。カッコ良いけど、好きって気持ちが伝わりにくい気がする。うーん、頭の中でキープ。

ハンドタオルとチョコのセットか。羽久くんがもしチョコが好きじゃなくてもハンドタオルは使えるだろうし、逃げ道があって良いかもしれない。でもハンドタオルの色が茶色？　チョコの色を意識したんだろうけど、うーん、ちょっと濃いめの茶色が親父くさいかな。年取ってるっていうか。紺とかがいいんだけど、無い？　無いな、茶色しか残ってない、一色展開か？

あー違うわ商品紹介ポップに二色展開って書いてある、ハンドタオル（黒）が全部売れてるんだ。まだ黒の在庫残ってるか店員さんに聞いてみる？　いや聞いて在庫があったら絶対買わないと気まずいし、そもそも私はハンドタオル（紺）があったら買おうかなって思ってたけど、無いし、やめとこ。羽久くんは茶色だけでなく黒色もあんまりイメージじゃない。てか結構売り切れてるのかもしれない、もう明日だもんなぁ、バレンタイン。

偽万札チョコ四百万円分!?　ふざけてるわ、笑いを取りに走る系？　こーいうギャグ風味のチョコを渡す人は案外照れまくってるだけの本気っていう可能性すら出てくる。好きな人の彼女になれなくても、せめてインパクトだけは残したい、みたいな……。考えすぎかな。同じギャグ系でもこのボクサーパンツ付き板チョコはなぜか余裕を感じる。身体の関係はもちろん、同棲までしてる彼女が「あんたパンツ足りなくなってきたって言ってたよねえ？」とか言いながらホイと渡すような……。考えすぎかな。

ゴディバ！　ピエール・エルメ！　ホテルオークラ！　味は間違いない有名ブランドコーナーにたどり着いた。もう絶対美味しいから私ならこの一角に置いてあるチョコのどれかが欲しいけど、羽久くんはどうかな。時々高級チョコのねっとりした味が嫌いな人っているよね、羽久くんは平気かな。そもそも彼の食の好みがどんな感じか、全然知らない。こうやって彼に渡すものを選ぶ段になってしみじみ感じるけど、私彼のこと本当に何も知らない。

同じ大学、笑顔が可愛い、わりと気が合うっていうかお互い雑談が苦手じゃないから会話が続く。僕ってスノーボードやってそうってよく言われるけど実はスキー派なんだよね、って言ってた、ってことくらいしか思い出せない。スキーってことは防寒具？　マフラー、手編みのマフラー⁉　いや飛躍しすぎだ今日はとにかくチョコレート、甘党か辛党かも不明だから、とりあえず量が少なくてまあまあ高額なのを買っておけば間違いないかな？　あっ、私ならこの冷やした生チョコがいい！　おいしそう、今すぐ食べたい！

でもこのチョコってドライアイス入れたとして一体どれくらい持ち歩き可能なんだろう。今日家まで持って帰って冷蔵庫、明日羽久くんに渡すまでの間、大学に持っていかなきゃいけないわけだけど、その間に溶けたりしないかな？　そして渡したあとも「これ帰ったらすぐ冷蔵してね」なんて言ったら興ざめじゃないだろうか？

ダメだ、無し無し、生チョコは難易度高いからダメ。じゃあ別の、きれいな色形、ツヤのある個性豊かなチョコが四つぐらい鎮座してるやつ……ああ、ダメだ、あまりにも生チョコが良い！ってさっき思いすぎちゃったせいで、他の常温チョコが見劣りしてしまう。ちゃんと目をかっぴらいて各ブランドのチョコを吟味しなきゃ、ゴディバじゃ有名すぎるかな、メリーじゃ安いと思われるかな、私も知らないようなブランドのを買おうかな、でもそれだと本当に味も知らないから、美味しいかどうか分かんないや……。

気づけば目の前が薄暗くなり、チョコに顔を近づけて凝視するために腰をかがめた体勢のまま、貧血になりそうになった。頭の中でぐるぐる考えながら幾百ものチョコに視線を走らせていたら、呼吸も疎かになっていたようで、酸素不足の耳鳴りもしていた。

まずい、このままじゃ、倒れる。

ふらふらとチョコ売り場から脱出し、人の少ない絵画売り場まで逃げてきて、壁にもたれかかる。うつむいているうちに徐々に視界の明度は回復してきて、ロフトの喧騒が再び聞こえる聴力も取り戻した。自分と同じくらい気合の入ったギラギラの女性たちの群れの隙間を縫ってチョコを見ているうちに、気づけば健康バイタルが著しく下がっていた。

よし！　手作りに変更!!

小休止を挟んで少し体力を取り戻したあと、再びチョコ売り場に戻る気もしなかった可耶は同じフロア内にある製菓用品コーナーに足を運んだ。腕時計を見ると17時30分、どうやら1時間もチョコ売り場で迷っていたらしい。日本中から集めたのかと思うぐらい、あんなにも色んなチョコが勢ぞろいしていたなかで、一つも買えないなんて情けない。もし手作りチョコが無理だったら、やっぱりあの一番最初に目についた惑星チョコセットにしよう。散々文句つけたけど、ふり返ってみればあれが一番良かった気がする。

さあ、製菓用品売り場だ。色んな板チョコが売ってる、ミルクチョコレート、ビターチョコレート、ダークチョコレート、ホワイトチョコレート。これをボウルで溶かして型に流し入れて、冷蔵庫で冷やし固めたらオッケーか？　楽勝じゃん。

ミルクチョコレートの板チョコを手に取り、型に入れたあと上にまぶすつもりで色とりどりのチョコスプレーも買おうとしていた可耶の目に、お母さんと一緒に来ている小三ぐらいの女子が映った。母親と相談しながら和気あいあいと材料を選んでいる彼女のレジかごには、謎のケーキの型や生クリームをしぼるためとおぼしき形のナイロンの袋、サワーチェリーの瓶詰、コーンスターチ、パイ皿などが入っている。

まさかチェリーパイを作る気!?

でもチェリーパイなんて渡したら「欧米か！」って言われたりしない？　もうそんなギャグも知らない世代か。いや、そんなことどうでも良くて。

ここにきて〝簡単すぎる手作りチョコを渡したせいで料理下手クソを見抜かれてフラれる〟自分の未来も見えてきた。小学校中学年ぐらいの年齢の娘がチェリーパイを作る時代に、大学二年生の自分が溶かし固めただけのチョコを渡すのはアリなのか。

「いや、ナイナイ。気づいてよかった、やべーわ」

思わず独り言をつぶやきながら可耶は板チョコとチョコスプレーの袋を陳列棚に戻した。なんなら溶かしたチョコは巷でよく見かける縁がギザギザで色とりどりの、ビールの王冠みたいなホイルカップに流し込んで固めるつもりだった。そういうのを三つ四つ小さな透明の袋に入れてモールの針金をねじって袋の口をとじて出来上がり。

よく考えてみればそういうチョコを実際に見た最後の記憶はもうずいぶん前だ。それこそ小学生のときのおたのしみ会で最後に学童の先生に手渡してもらった以来？　あれを一体どんな顔をして羽久くんに渡せばいいのだろう？

しかし購入する前に危険性に気づけたのは良かったものの、残念なのは自分の製菓スキルはまったく上がってないことだ。大学生ならそれなりに作るのが難しいものを渡すべきと気づいた今でも、さっきの小学生の娘のようにチェリーパイレベルのものを作れる腕は、自分には無い。

あの……。私もお宅の台所で一緒にチェリーパイ作ってもいいですか？

お菓子作りが得意そうな優しそうなお母さんにそう話しかけたくなったが、理性でぐっと抑えた。

初心者でも今晩中になんとか作れそうな、冷やし固めチョコ以上チェリーパイ未満の何かはないものか。

陳列棚をあてどなくさまよう可耶の目にすごいものが飛び込んできた。

せ、製菓キットコーナー⁉

可耶は〝キット〟と名のつく製品が大好きである。小学校の夏休みの宿題も本屋さんに売ってた『自由研究キット』で毎年乗り切ってきたし、中学で手芸が流行ったときには大嫌いだけど話題に乗るために『フェルトで作るキーホルダーキット』を買ってなんとか仕上げ、出来上がったペンギンのマスコットのキーホルダーを通学鞄につけた。急に本格的なカレーを食べたいと思ったときは『本格インドカレーキット』を買って、中に入ってた色んな種類のスパイスを使って作ったら、素人ながら美味しいのが作れた。これまでの成功体験で、創作キットに絶大な信頼を寄せている可耶。

これだ！

チョコ入りのパウンドケーキキット、ガトーショコラキット、チョコクッキーキット、チョコクランチキット、濃厚テリーヌ・ショコラキット。無敵感すら漂う豊富なラインナップで、パッケージオモテの見本写真はどれもとても美味しそうで、凝って見える。一つ手に取って箱の裏の説明を見ると、スーパーに買いに行かなければならない材料が数品あるものの、原材料のチョコはもちろん、調理に必要なものやラッピング素材まで全部内包されている。

勝った。こんな便利なものが世の中で発売されているとは。

しかしここで調子に乗り、愉悦に浸ってテキトーなものを選んではいけない、と可耶はいい加減疲れてきた脳を無理やり引き締めた。一つ一つの箱を手に取ってじっくり見た結果、箱の右下に小さく、難易度を☆で表現してあるのを見つけた。最高の難易度は☆三つのようだ。

最終的に可耶は難易度が☆一つのガトーショコラのキットを手に取り、悠々とレジに向かった。

19時5分、任務達成。タイムアウトまで1時間弱を残してのゴールに、可耶の心中の勝利コールは止まらない。まだ買わなければいけないものもあるが、何を買えばいいかは調べずとも、キットの箱の裏に全部書いてある。

ふむふむ、食塩不使用バター40g、卵1個、牛乳25㎖。楽勝！　しかし〝食塩不使用バター〟に引っかかる。牛乳も卵も家の近くの小さなスーパーにもちろん置いてあるだろうが、果たして〝食塩不使用バター〟はどうか。おそらく食塩を使用した普通のバターしか置いてないだろう。となると家の近くよりも断然物が揃うここ繁華街で買い済ませた方が無難だ。

でも繁華街って意外と手頃なスーパーが無い。偶然見つかればいいんだけどと可耶は大通りをきょろきょろしながら歩いてみたが、それらしき店は見当たらない。しょうがないので少し遠い場所にある、百貨店まで足を運んだ。そこしか食品売り場のある店の心当たりが無かった。

百貨店の地下食品売り場はちょうど会社帰りの客でごった返していて、特に惣菜売り場付近は簡単に前に進めないほどのぎゅうぎゅう詰めだった。あちこちの店で値下げした惣菜のコールがかかっていて、騒々しさも何ヘルツか想像つかないくらいだ。三百円引き、果ては半額にまで落ちた弁当の値段を横目で見ながら、可耶は自分の夕飯をここで確保しておこうか迷った。でも時間を無駄遣いしている暇はない、今はチョコだ、遅めに帰ってもきっと母が作ってくれた夕食がいくらかは残っているはずだろう。

牛乳と卵を手に入れたものの、バター売り場がなかなか見つからない。百貨店の食品売り場は種類が豊富なのはありがたいが面積が広すぎて、どこに何が置いてあるかすぐ見つけるのが困難だ。ヨーグルト売り場があったから絶対にこの並びだろうと、冷蔵コーナーの冷気を顔に浴びながらバターコーナーを探したけど見つけられなかった。着たままのコートの中でずいぶん自分が汗をかいているのが分かる。二月とは思えないほど、汗まみれになっている。

冬の小汗をゲキタイッ☆というノリの制汗剤のCMが最近テレビで流れていたが、小汗どころか大汗、まるでサウナに入ってる人ぐらい、コートの内側で肩や背中がしとどに濡れている。百貨店に入った時点でコートを脱げばよかったのだが、今の可耶には体温調節のために使うその数秒すら惜しかった。冷蔵コーナーを行ったり来たり何回もくり返し、ようやくバターコーナーを見つけた。目を皿のようにして色んな種類のバターを見たけど、無塩バターを探したけど、見つからない。

　まさか……まさか！

　売り切れだった。バレンタインを明日に控え、バターコーナーでは熾烈な無塩バター争奪戦がくり広げられたらしく、本品は無いのに無塩バターの値札だけが空しく貼りつけられたままになっていた。

　もう塩が入っててもいいから……！

　店員さんをつかまえて無塩バターの在庫を問いただしたところ、ゼロだという返事をいただいた可耶は、折れた心でガクガクする指先を有塩バター（普通のバター）に伸ばした。絶対味はそんな変わんないって。だって普通のバター食べてしょっぱ！なんて思ったことないし、それはお菓子に入ってても一緒でしょ？　むしろ甘じょっぱくなって塩チョコみたいな感じで美味しくなるんじゃない？

　それとも、もしかして塩が入ってると……固まらない、とかなの？

　可耶の目に、じわっと涙がたまる。まさかここに来て簡単すぎると思った〝チョコを溶かし固める〟のミッションさえ成功できない方向性が見えてくるとは思わなかった。自分には料理の知識が無さすぎる、バターに塩が入っているのがチョコにとって致命的なのかどうかさえ分からない。バッグからスマホを取り出して「チョ

コ作り　塩入りバター」でグーグル検索をかけてみるものの、地下だからかなかなか電波がつかまらない。いらいらしながらなんとか答えにたどり着くと「有塩バターはお菓子作りに使ってはダメ」だと分かった。しょっぱくなりすぎるそうだ。

詰んだ。

　絶望で頭ががっくりと下がる。腕時計を見ると19時40分、あと20分でロフトに戻って違うキットを買っている時間は無い。いや走って行けばギリ間に合うかもしれないが、もし他のキットもすべて無塩バターが必要だと箱の裏に書いてあったらどうする？　無塩バターを手にした者のみが挑戦できるキットばかりがそこに置いてあったとしたらどうする？

　虚ろな瞳を可耶が彷徨わせていると、ケーキ用マーガリンという品物が目に飛び込んできた。こちらは豊富に余っている。ケーキ用マーガリンとは、何ぞ？　ケーキを作るために使えそうなマーガリンだが、もしかしてあれを使えば問題ないのでは？

「ケーキ用マーガリン　無塩バター　代用」で検索すると、またも時間がかかったが、「代用できます」というＹａｈｏｏ！知恵袋の回答が目に飛び込んできた。

　よっしゃあ！と心の中でガッツポーズを決め、ケーキ用マーガリンと、あと一応普通のバターもレジかごに入れる。でも本当にケーキ用マーガリンで大丈夫なのか、味が落ちたりしないのか。一抹の不安がよぎったが気にしてる暇はない。

　材料は全部買いそろえたはずだが念には念をと、お会計終わりにキットの箱の裏をもう一度確かめたら、お渡し用の袋が内蔵されてなかった。これは意外と困る、個包装はできてもそれを入れる袋が無ければプレゼント感が格段に減る。まさかエコバッグに入れて渡すわけにはいかないし、家に紙袋一枚ぐらいはあるだろうけど、違う店のロゴの入った使用済みの紙袋を使い回すのは、ちょっと……。

　閉店直前の百貨店、そこにはエスカレーターを一段飛ばしで駆け上がる可耶の姿があった。閉店の音楽が流れ出し、上りのエスカレーターは止まる寸前、早く帰りやがれという雰囲気しか漂ってない。人間は時間や体力が無いときにこそ、縦移動の大変さに気づく。店から店へと歩く横移動は進んだ距離が可視化しやすいが、エスカレーターを使って階から階へ移動する縦移動の距離は軽視しがちだ。

　いつもならボーッとのっているだけで目的階に着くエスカレーター、だがこんな風にフロア全体に寂しげに蛍の光が鳴り響いているなか汗だくで駆け登っていると、意外とたくさんの距離を移動してるんだなぁって実感する。百貨店の文具フロアにたどり着くと、小走りでラッピングコーナーに向かった。

　出来上がりのチョコ菓子が全部でどれくらいの大きさになるか分からないので袋の大きさ選びに迷ったが、大は小を兼ねるので少し大きめの、ピンクと水色のストライプ地の紙袋を手に取った。ちょっと幼稚な感じがするけど、このデザインが一番ましか。げっ、８５７円!?　ガトーショコラのキットより百円高い。百円均一ショップでも売ってそうなこの紙袋を、チョコ本体よりも高い価格で買うなんて。プレゼント取り出したらそれで役目終わるのに。頭の中をうるさいケチ虫が走り回ったが、可耶はいななく馬の如く頭を振ってふり切り、もう客が自分しか残ってないフロアでお会計を急いだ。

帰宅。

疲れた。材料買うだけで疲れた。

げっそりした可耶は猛烈な腹の空き具合を感じ、すぐさま冷蔵庫を漁り始めたが、今日の夕飯の残りらしきお皿が無い。

「あれ？　ご飯は？」

よく見ると台所にも火の気は無く、ついさっき調理したような形跡もない。

もしかしてまだお母さんが晩ご飯作ってないとか？　でももう21時半だし……。

ちょうど兄が二階から降りてきたので可耶は訊いた。

「ねえ、今日ってまだ晩ご飯できてないの？」

「何言ってんだオメ。今日母さん長野帰ってるだろうが。父さんも」

そうだった、今日母は実家に用事があって両親揃って帰省している！

「そうだった、忘れてた。ええー、じゃお兄ちゃんは何食べたの？」

「サッポロ塩ラーメン」

「じゃ、私もそれでいい」

「最後の一個だったよ」

いつもラーメンの入ってる棚に背伸びして手を伸ばしていた可耶は、だらりと手を下げた。

「なんでお兄ィはいっつも最後のラーメン食っちゃうんだよ！　しかもいつもはサッポロ味噌派なのにどうして私の塩にまで手出すのよ」

「知らねえよ、最後のに当たるときが多いんだよ。あと塩だからってお前のだとは決まってない」

兄がテレビを点けたため、バラエティ番組の観客の騒々しい笑い声が居間にわっと広がった。可耶は仕方なく冷凍うどんを開封したあと電子レンジに放り込み、卵と醬油をかけて食べた。

「それだけじゃ物足んねーだろ。おれはラーメンと一緒に納豆も食ったぞ。納豆はもう一パックあったぞ」

可耶の貧しい食事をのぞき込んで兄はそう助言したが、可耶は首を振った。

「今夜の私は納豆を作ってる暇さえ無いの。これ食べたらすぐチョコ作り開始しないと」

「チョコってバレンタインか？　あー明日だもんな。なんでもっと早く作り始めなかったんだよ、普通ならもう風呂入って明日の用意して寝る時間だろ」

「そうなんだけど、こんな手間がかかるって知らなかったんだもん。すぐ出来ると思ってたんだもん」

「すぐできるだろ、チョコレートぐらい」

「ただのチョコレートじゃないやつ作るの。ガトーショコラ。真剣に作るからお兄ちゃんこれからは話しかけないでね。テレビも二階で見て」

「テレビぐらいいいだろ、話しかけないようにするから、ソファでくつろぎながらテレビ見たいよ」

「だめ、うるさいし気が散る！」

「しょうがねーな、もう」

兄はため息をつきテレビを消すと乱暴にリモコンをテーブルに置いて、足音も荒く二階に上がってしまった。強く言いすぎたかもしれないと一瞬可耶の胸に後悔が浮かんだが、ちょうどうどんを食べ終わったので、いよいよチョコ作りと思うと、良心の呵責はすっかり忘れた。

緊張するけど絶対できるはずだ。だって難易度☆一つだもん、目をつぶってても仕上がるほど余裕っしょ。

箱を開封し中に入っていたレシピの紙を読む可耶を、まず最初の試練が襲った。

チョコレートを刻んで約60度の湯せんで溶かす。

え、60度のお湯ってどのくらいの熱さ？

とりあえずまな板と包丁を出して、クーベルチュールチョコの粒を刻み始めた可耶の頭の中に、60度のお湯はどれくらいのあったかさか？というクエスチョンがぐるぐる回る。お湯用の温度計があればいいけど、うちでそんなの見たことない。親が使ってる姿も見たことない。おでこにかざす非接触型の体温計ならあるけど、お湯にかざしてピッとやって、お湯の温度が分かるもんだろうか？　指を突っ込んで予想できる技を持ってたらいいが、１００度は火傷しそうな温度というのは分かるけど、60度って、60度って、どれくらい熱いのか知らない。お湯を沸騰させてしばらく置いて冷ましたぐらいの熱さでいいの？

初っぱなからつまずいて過呼吸になりそうな可耶だったが、刻んだチョコのくっついた指先で鍋にお湯をためてとりあえず沸かし始めた。沸騰してボウルにお湯を移し換え、60度ぐらいになりそうなのを待ったが、せっかく沸かした湯が冷め過ぎてしまうのが恐くて、刻んだチョコとケーキ用マーガリンを入れた小さなボウルを結構すぐにお湯に浮かせて、菜箸を使い溶かし始めた。

「アチッ、あちっ!!」

菜箸でかき混ぜる度に不安定なボウル小を支えている左手に多分まだ90度くらいはありそうな熱い湯がピチャピチャ跳ね、可耶は小さく悲鳴を上げ続けた。熱湯は手の皮膚には悪かったがチョコとケーキ用マーガリンはソッコーで溶けた。

ドロドロになったチョコはとりあえず脇に置き、次の作業開始。と思ったら雑に置いたせいでボウルの中に突き刺さっていた菜箸が転げ落ち、床にチョコレートが飛び散った。床に茶色い飛沫が飛びとんでもないことになってたけど、後半はもっと汚れる気がして、とりあえず菜箸は流し台に突っ込み、床はそのままで続行。

ボウルに卵白を入れて、ハンドミキサーで泡立てる。

「ハンドミキサーってどこに入ってるんだろう」

母親が使っているのは見たことがあるけど、可耶は一回も使ったことがなくて台所の棚を次々と開けながら探したが見つからない。ええい、とりあえず混ぜまくって、角(つの)が立つぐらいのメレンゲを作ればいいんでしょと、菜箸で勢いよく混ぜ始めたが、卵白が固まる兆しは一向に見当たらない。筋肉痛になるほど速く、激しくかき混ぜても泡立つだけでメレンゲなど夢のまた夢だ。**※卵白を冷やすと早くメレン**

ゲになりますというただし書きを見つけたので、冷蔵庫の扉を開けてその前に立ち、卵白入りのボウルを抱えて大好きなロック音楽の曲をハイテンポで口ずさみリズムに合わせてかき混ぜたが、やっぱり卵白は辺りに飛び散るだけでメレンゲには成長しない。

大体有り得る？　こんな液体がフワフワになるなんて？

半ば激怒しつつスマホで母に連絡した可耶は、ようやくハンドミキサーの在り処（ありか）を知り、洗って組み立てて、22時過ぎの台所でミキサーの盛大な爆音を立て始めた。

途中、粉をふるう器具が見つからず、苦肉の策で茶こしでちまちまふるったり、オーブンを予熱するのを忘れてて大幅なタイムロスなどのミスも発生したが、なんとかすべての材料を混ぜ合わせることに成功した可耶は、キットに入っていた小さな円形のカップにチョコ生地を流し込む作業に取り掛かった。カップの縁や内側など、いたるところに汚いチョコの痕をつけながらも、なんとか等分に流し終わって一息ついた可耶に、次のレシピの一文が目に飛び込んできた。

このときスパチュラを使います。

「スパチュラ？　なに……」

聞き覚えのない単語に可耶はフリーズし、大丈夫、スマホで調べたら分かるはずだから、と頭の隅では理解していても、もうダメだという絶望が押し寄せてきて大粒の涙が目からこぼれた。

スパチュラが何か分からないから泣くなんて絶対におかしい、頭くるってる、でも哀しくてしょうがない。

スパチュラって何　スパチュラって何
そんな洒落たもの　きっと我が家にはない
どうやって使う　何のために使う
まぶすの砕くの振りかけるの？　食うものかしら、原産国どこ？

ぶわっと涙があふれ、信じられないほど嗚咽（おえつ）が上がってきて、ダイニングテーブルの椅子に寄りかかる。ただスパチュラの意味が分からないから泣いてるんじゃない、本日のここまでに至る道のりの長さ、様々な壁、そして自分の女子力の無さ。そのすべてに対してどうにも泣けてくる。

満を持してガトーショコラのタネがオーブン入り目前という、お菓子作りの佳境に当たる工程において、今まで影も形も無かったスパチュラなどという凶器を忍ばせていたレシピには致命的な欠陥があるとして、クレームを入れるため可耶は泣きながらキットの箱に記載してあるお客様相談室の小さな文字の電話番号を探したが、いま時刻は23時、絶対にコールセンターは受け付けてない。

「なんだオメ、どうしたわけ？」

再び一階に降りてきたパジャマ姿の兄が、冷蔵庫からお茶を取り出そうとして、泣いている可耶に気づいて気味悪そうに声を上げた。

「え、なんで泣いてんの？」

「スパチュラって、なに？」

「は？　知らん。でもなんか聞いたことあるわ……、吸血鬼の名前？」

「それチュパカブラ」

「じゃあやっぱ知らないわ俺」

「スパチュラが無いと……もうダメだ私」

椅子に寄りかかり泣きくずれる可耶を尻目に、兄はスマホで冷静に検索して答えを見つけ出した。

「なんだ、ただのヘラじゃん。うちにも似たようなのあるから、これでいいだろ」

兄がものの数秒で台所の引き出しで見つけ出してくれた木ベラを抱きしめて、可耶はまだ泣いていた。まさかただのヘラを、洒落こいてスパチュラと呼ぶなんて。

「分かんないよ、チョコをより美味しくするためのスパイスの一種かと思った。コロンビアとかどっかの」

「そんだけ想像膨らませる暇があったら検索して調べろよ」

木ベラを使いチョコの表面をなだらかに整えたあと、カップたちをオーブンの天板に載せていく。あれだけ大騒ぎしたにもかかわらず、スパチュラ（木ベラ）に、大した活躍の場は無かった。オーブンの温度は途中で変更も必要でなかなか難しかったが、あんまりにも悲劇のヒロインのようになっている妹を心配してか、兄が横について手伝ってくれたので、焼き上がりまで慌てることなくたどり着けた。

表面にひびの入った、ほかほかのガトーショコラが出来上がった。表面がめちゃくちゃ割れているので、これからカップルになりたい人に渡すにしては不吉な出来栄えだと心配したが、レシピ通り冷ましたあとに上から粉砂糖をふりかけると、ひびも目立たなくなり、美味しそうになった。

「うまそうだな。いっぱいあるんだから、一つぐらいくれよ」

「だめ、全部渡す予定でいるから。でもお兄ちゃん手伝ってくれてありがとう」

「今度作るときは、もっと早い時間から始めろよ」

あくびしながら兄が二階に戻ったあとも、可耶は出来上がりのガトーショコラを見つめ、興奮が隠せない。

明日これを羽久くんに渡すんだ。喜んでくれるといいな。

♥

大学の授業が終わったあと、羽久を大学近くの公園に呼びだした可耶は紙袋に入れたチョコを渡した。

「えっ、ほんとにくれるの？　うれしい、ありがとう！　この感じ、もしかして手作り？」

「うん、正直味に自信は無いけど、良かったら食べて」

紙袋をかさかさ漁りながらとても喜んでいる様子の羽久を見て、可耶はようやく任務を達成したと安堵する思いだった。どうしたら彼が喜んでくれるか、普段の日なら思いつきもしなかっただろう。だがバレンタインという行事があるおかげで、その慣例に従うだけで相手を喜ばすことができる。バレンタインのありがたさを感じずにはいられない瞬間だった。

「すっごいうれしいんだけど、可耶ちゃんがこういうのくれるってことはつまり、どういうこと？」

は？

羽久の期待に満ちた視線に可耶は動揺した。え何、もしかして強制告白させようとしてる？　どうしても私から好きって言わせたいのか？

あーあ、なんか冷めるな。

今どき男らしいとかいう概念持ち出すのも古臭いけど、告白は男の人からしてほしいっていう乙女心、この男には分かんねーのかな。

なんでチョコ作った上に、自分から告白するリスクまでしょわなきゃいけねーんだよ。

黒可耶があふれ出しそうになり、可耶は暗い表情になって羽久から視線をそらした。

「あれ、どうしたの可耶ちゃん？」

羽久が心配そうに聞いてくる。その声にイラつく。

「ちょっと待って、一旦休ませて」

「あれ、どうしたの？　具合悪い？」

「ううん、なんとなく、とりあえず座るね」

可耶は地面との間にわずかな段差しかない植え込みの縁石に座り込み、激しく脳を回転させた。

きっと一言〝好きだ〟と言えば意地の張り合いは終わり、相手からも色好い返事が返ってきて、お互い相好を崩した私たちは付き合うことになるだろう。だが恋愛成就は目前だとしてもなお、私は告白は否。なぜなら決死のバレンタインチョコを、もう渡したのだから。材料調達に半日、製作に一晩かかった集大成を相手の手に委ねた挙げ句、さらに気持ちをさらけ出せとは笑止千万。

もう一つ分かったのは、相手が私を好きな気持ちより、私が相手を好きな気持ちの方が上回ってるということ。このようなchocolate bombを手渡されても彼は冷静な爆弾処理班として、さらに今後自分の有利になるようにチョコを交渉材料にしてきた。もし自分が彼からこのようなプレゼントをされれば、全然冷静でいられないだろう、赤と黒ダメな方の導線をペンチで切って高層タワーを大爆破、こっぱみじんにしてしまうだろう。つまり敗(ま)けってことよ、惨敗ってことよ。

結構長時間黙り込んでいる可耶を、羽久は急かすでもなく心配そうに見守っている。男らしさ女らしさで言えば、初めて会った飲み会のとき、可耶は、自分は化粧の仕方が全然分からない、いつもテキトーで口紅とチークは同じもので塗ってるし、アイシャドーもハイライトと同じ粉を使ってる、どれも顔に塗るんだから結局同じっしょ、という身もふたもないトークを酔って羽久の前でくり広げたのだった。そのときの羽久は引くこともなく「可耶ちゃんって、豪快だね！」と笑っていたのだった。緊張しすぎて場の空気になじめず、謎の女傑エピソードを披露して聖夜のロマンチックな雰囲気をブチこわしにしていた可耶を、避けるでもあざ笑うでもなく羽久は同調してくれた。むしろ〝僕は豪快なとこが一つもなくて、トイレットペーパーさえも丁寧に四つ折りしなければ、おちおち尻も拭けない男なんだよ〃と、細けぇし気にしぃな自分自身のエピソードをさらに上乗せしてくれて、滑りっぱなしになりかけだった可耶としてはだいぶ救われたのだった。

「好きです」

可耶が呟いた。もう言うしかなかった。好きなんだからしょーがない、プライド高い乙女心なんてクソ喰らえ。

返事が恐くてうつむいてたら、羽久の手が伸びてきて可耶の手をつかんだ。

「ありがとう！ すごいうれしい、僕ももちろん可耶ちゃんが好きだよ。ずっとずっと告白したかったけど勇気がなくて。そしたらこんな特別な日に可耶ちゃんに好きって言ってもらえて、僕はもう……。いや、ほんとに嬉しいよ！ 付き合ってくれるかな？」

「うん、ありがとう。こちらこそ、よろしくお願いします」

羽久が小さくガッツポーズする。

「良かった、本当に嬉しい、オレ絶対に絶対に可耶ちゃんのこと大切にするよ。今日バレンタインでしょ、実は僕の方でもスイーツ作ってきたんだ。これを渡すときに告白しようと思って」

羽久は鞄のなかから、可耶よりも大きな白い紙袋を取り出して彼女に渡した。

「ありがとう。もしかして、手作り？」

「うん、いちごとマンゴーと洋梨のタルトフリュイ」

兄は可耶が一切れ分けてあげた羽久の手作りケーキをがつがつ食べて、その旨さに感動していた。

「オメの彼氏って、パティシエなん？」

「ううん、でもお菓子作りが趣味らしくて」

可耶は魂の抜けた気持ちで、羽久の作った、宝石のごとく輝くフルーツがぎっしりキラキラと表面に飾りつけられた、芸術作品の巨大ブローチのようなケーキをながめ続けていた。今ごろ羽久も可耶お手製のガトーショコラを食べているだろうか。ケーキ用マーガリンの分量がよく分からないままブチ込んでしまったけど、平気かな。フォークをタルトフリュイに突き刺して食べてみたが、当然のように味は、とろけるほど甘く美味しかった。

「いちごや洋梨、マンゴー、グレープフルーツなど、様々なフルーツの新鮮な甘みと酸味が、まったりしたカスタードクリームに包まれて、最高のハーモニーを奏でていますね」

「おっしゃる通りでございますわね。おい、もう一切れ食べてもいいか？」

「いいけど、父さんと母さんにも自慢したいから二切れは置いておいてよ」

兄妹の優雅なティータイムは続くのだった。あれ、そういえばお兄ちゃん、バレンタインのチョコはもらえた？

フェイクファー

波木 銅

「裁縫は暴力の逆なんだ。だから好き」

みたいなことを、いつか、どこかで誰かが言ってたのを覚えてる。言い回しがなんとなくフレーズ的だから、昔見た映画とかドラマのセリフだったっけ。いや違う。身近な誰かが喋っていたのを、直接聞いたはずだ。身内？　あいつらのうちの誰かかな。

もずくはイケアのトートバッグの中に、モバイルバッテリーやiPadと同じように裁縫セットを入れて持ち歩いている。突然縫い物が必要になる場面なんてめったにないから、実際に使用したことは一度もなかった。一種の願掛けみたいなものだったと思う。

だから、それが役に立ったのはそのときがはじめてだった。

表参道を歩いていたとき、子どもの激しい泣き声を聞いた。反射的に声のした方に目を向けると、ガードレールにもたれかかって泣いている子どもと、その保護者らしき若い女性を見つける。子どもは三歳児くらいで、脱いだ上着を握りしめながら泣きじゃくっている。保護者（彼女はとても若く、それが母親なのか姉なのか、あるいはほかの関係性なのか、もずくにはわからなかった）は懸命に子どもを宥めようとするが、感情の爆発した子どもに完全に気圧されてしまっているようだった。

　その場を通りかかる人々はみな、それらからそっと目を逸らしながら先へと急ぐ。もずくもそうしようとしたが、たまたま彼女らと目が合ってしまった。彼は飲み屋のキャッチに捕まってしまったときのようなばつの悪さを感じた。

　彼はさほど善良な人間ではなかった。座席を譲らないし、テーブルの下に財布が落ちているのを見つけても、拾って届けたりはしない。

　急いでいるフリをしながら前に進もうとしたもずくの足取りが無意識に遅くなる。彼女たちの会話が耳に入ってきたからだ。やぶけちゃったんだからしょうがないでしょ、と保護者は言う。子どもは首を激しく横に振りながらそれを拒絶した。

　もずくは断片的に揉め事の原因を憶測してみた。要するに、子どもはお気に入りのカーディガンを街路樹に引っ掛けて破いてしまったことを嘆き悲しんでいるようだった。保護者はこれから新しいものを買ってあげるから泣き止んで、と提案する。

　そのカーディガンは遠目に見ても大したことない代物だった。それごときで号泣されたら、保護者にとってはたまったものではないだろう。

でも、泣きじゃくっている子どもにも同情する。大人の目からしたら、千円しないくらいの布切れみたいなファストファッションの幼児服だ。とはいえ、子どもにとってはこの世に一着しかない宝物なのかもしれない。そういう気持ちはよくわかる。もずくはなんだかほっとけなくなった。

「あの」

不審に感じられないように適度に距離をとりながら、もずくは彼女たちのほうへ近づいた。ステューシーのボトムで手汗を拭いつつ、できるかぎり明瞭な声を出した。いきなり知らない男に声をかけられるなんて、もし自分が彼女の立場だったらすごく嫌だと思う。

でも、もずくはそこへ近づいていった。その状況は、自分が今持っている裁縫道具で解決できると思ったからだ。彼は頭の中で誰かの声を聞く。

裁縫は誰も傷つけない！

保護者は若干警戒を見せ、子どもをかばうように自分の背に隠した。子どもは部外者の登場など気にも留めず、宝物の損失をひどく嘆き続けている。

もずくはあえて耳からAirPodsを外さなかった。何の気なしに、あくまでカジュアルに話しかけているのだ、ということをアピールしている。ノイズキャンセリング機能をオフにする。

「僕ちょうど、裁縫道具を持ってるんです。よろしかったら、縫いましょうか？」

バッグから取り出した小さな裁縫セットを見せつつ、言う。想定ではこんな英語の和訳問題みたいな口調じゃなくて、もっと流暢に話すはずだった。

口に出したあと、その発言の妙さに後悔する。なんで服が破けている前提で話を切り出してるのか、そして、本当にそうだったとして、なんで自分が縫うとぬかしてるのか。

どう考えても、道具を保護者に貸すだけでいい。自分は今彼女たちにとって得体の知れない人物であるのだから、赤の他人の子の所有物に手を触れたりすべきではない。

「……あ、本当ですか？」

保護者はしばらく考えてから答えた。彼女は子どもに、このおにいちゃんがまゆちゃんのお洋服なおしてくれるって、と耳打ちした。

すると、子どもは鼻をすすりながら泣き止んだ。もずくはぼーっとしていた。

子どもはずっと手放さなかったカーディガンを、保護者にそっと渡した。

「すみません、お願いします」

保護者は子どもから受け取ったカーディガンを、申し訳なさそうにもずくに手渡す。

もずくはカーディガンを手元に広げた。ほんの少し破けているだけの、ささいな破損だった。布地はベージュだったから、手持ちの糸で処置するだけで事足りた。さっと針に糸を通してその穴を縫って塞ぐと、彼はそれを保護者に返した。

「あ、すごい。ありがとうございます」

いえいえ、と会釈しようとしたが、すぐさま保護者は子どもの方へかがんで向き直り、ありがとうは？　と礼を強いた。子どもはもずくのほうを見て、ありがとう、と起伏のない口調で小さく言った。

どういたしまして、と笑おうとしたのだが、うまくできなかった。保護者はもずくにもう一度礼を言ってから、駅のほうへ歩いていった。子どもはもう泣いていない。

ね、言ったでしょ。裁縫は、誰かを傷つけたりしない。

もずくの頭の中で、また誰かが言った。

良いことをすると気持ちがいい……みたいな感情に浸っている場合じゃない。彼は今日、シュプリームの新作を手に入れるために原宿を訪れていた。整理券番号の呼び出しに遅れてしまえば、商品を購入する権利そのものを失う。ここから時間内に店舗のある『裏原』エリアにたどり着くためには、残念ながら走る必要があるだろう。

覚悟を決め、もずくは表参道のゆるやかな坂を駆けることにした。その頃にはもう、先ほどの親子のことなど完全に忘れていた。

数年ぶりにちゃんと走った。落とすかもしれないからAirPodsを外し、停めてある自転車を避け、人混みをかき分け、縁石を跳んでかわした。

走れ、メロス！

もずくは列に並べなかった。ネットショップでは一分も経たないうちに全サイズが完売する、家賃一月ぶんの値段を払うことを甘んじて受け入れていた新作のコラボパーカーに袖を通すことは叶わなかった。

急いでいるさなか、都合の悪いことに電話がかかってきた。走りながら応答しようとすると、かけてきたのはかつて学生時代に所属していたサークルのメンバーだった。

「もずく、今大丈夫？」

電話ごしに、もずくは数年ぶりにその名前で呼ばれた。もずくというのはもちろんあだ名だ。そこでは彼は、もずくとしか呼ばれていなかった。

学生時代のノリを今になって繰り返すとなると、ちょっと恥ずかしくなる。しかし、それ以外の呼び方をお互いに知らなかった。

ぜんぜん、だいじょば……ない……。もずくは大袈裟に息切れしながらそう答えた。

電話相手の元サークルメンバー、キップというあだ名だった彼女はぎょっとしていた。

「え、どうしたの？」

「あ、いや。ちょっと、ちょうど走ってたんだ」

もずくは一度足を止めてしまったので、もうどうでもよくなった。

とれなかったぶどうが酸っぱいように、買えなかった服はダサい。

だから大丈夫。あんなのよく見たら子ども服と大差ないデザインだしな。

「ごめん、急いでた？」

「いや、別に。大丈夫」

会話を交わすこと自体数年ぶりだったけれど、もずくたちはとくに感傷に浸ったりしなかった。通話画面には、キップが自身のアカウントのアイコンとしている手製のぬいぐるみの写真が映っている。もずくはそれからはちょっと目を逸らしたかった。サークルでの毎日は楽しかったけど、捨てるべき記憶だと思っていた。だから、それを思い起こさせるその写真をあまり眺めたくなかった。

新歓の自己紹介で上級生に好きな食べ物を聞かれて、「もずく」って答えたらそれがなぜか大ウケして、卒業までそう呼ばれるようになった。キップはツイッターのユーザー名がそれだから、そのままそう呼ばれていた。彼女はサークルの中でいちばん才能があったから、ちょっとだけ特別扱いされていた。

「それでさもずく、実はね、ジェンガ先輩、死んじゃったんだって」

タワー状に組み上げた積み木を一本ずつ抜き取っていって、タワーを崩したプレーヤーの負け。ジェンガが得意だったからではなく、生まれてこの方そのゲームに一回も勝ったことがないことがあだ名の由来だった。

突然の訃報にびっくりするより先に、もずくはキップがジェンガに対し「亡くなった」ではなく「死んだ」という言い回しを選んだことを興味深く思った。自分が彼女の立場だとしても、同じように「亡くなった」ではなく「死んだ」というだろうな、と思う。

「えー、本当!?」

もずくには、なにかしゃべる前に脳内で言葉をきっちり言語化してから口を開く癖がある。頭に思い浮かべた文言の通り、エクスクラメーションとクエスチョンを同時にくっつけた語尾を意識し、言った。

「自殺だってさ。オーバードーズ」

「……まぁ、いつかするだろうなとは思ってた」

キップが小さく吹き出すのが聞こえた。ちょっと冷酷に感じるかもしれないが、もずくたちにとっては違和感のないやりとりだった。

ジェンガはサークルの中でもとくに存在感のあるメンバーだった。もずくは彼の姿を思い出してみる。彼と一時間でも同じ空間にいれば、話に愛想笑いをしているだけで表情筋のトレーニングになった。

ジェンガは「弱者男性」と自称していた。要するに、自身の人間的な弱さをアイデンティティとして掲げ、ネットでリベラリズムとか、フェミニズムとか、ポリティカル・コレクトネスとの戦闘に明け暮れているタイプの……自分自身は決して多数派に含まれる人間じゃないのに、権力に従うことになんのためらいもない若者だった。

ジェンガにはまったく皮肉が通じなかった。言動のすべてがマジだった。

ただでさえニッチな界隈(かいわい)なんだから、ネットで暴れ回って偏見を助長するのはやめてほしいなぁ。オタクっぽい文化の中でも、とくに軽視されがちなジャンルなんだからさぁ、ともずくは考えていた。

なぜだか知らないが、ジェンガはもずくたちの「界隈」ではそこそこの人気者だった。キップとの通話を繋げたまま、久しぶりにかつて使っていたツイッターにログインしてみる。

ジェンガの死は小さいコミュニティの中で、そこそこ話題になっていた。


ジェンガは実家の自分の部屋で、着ぐるみを着た状態で死んでいたらしい。だから、もずくにとっても他人事ではない。

『みっしんぐ』というのが、もずくが学生のころ所属していたサークルの名前だ。なんでミシンとmissing（行方不明？）をかけているのかの意味は誰も知らない。

ミシンと名前がついていることからわかるように、手芸や裁縫についてのサークルだ。おもな活動内容は、オリジナルの着ぐるみを作って、みんなで着ること。そのまま写真とか撮ったりして遊ぶ。規模のでかいお人形遊びみたいなことを大真面目にやってる、毎日がハロウィンの前日みたいなサークルだった。

勧誘ビラに書いてあるキャッチコピーは「なりたい自分になっちゃおう！」。

もずくを含めサークルのメンバーはみんな、ふわふわでかわいい擬人化した動物の皮を纏（まと）うのをなにより楽しんでいた。文字通り、猫を被って羊の皮を被って虎の威を借り……みたいな。

もずくは大学でこのビラを見つけてすぐ、彼らのサークル棟に向かったことを覚えている。

こんなところに入り浸っていたらいかにも舐められそうな文化系のサークルだけど、どういうわけか、もずくにはここが気になってしょうがなかった。

ビラに書いてあった活動場所に行ってみる。鉄のドアにマグネットで表札がわりのホワイトボードが貼り付けられていて、丸文字の『みっしんぐ』という書き文字と、ミシンで縫い物をする犬のキャラが簡潔に描かれていた。

ドアをノックして、入部希望の新入生である旨を伝えた。室内にはメンバーと思しき学生が二名いた。そのうちの、上級生っぽい方が応対してくれた。

あ、痩せたメガネのオタクだ、ともずくは思った。彼はいきなりジェンガと名乗ったが、もずくにもそれが本名ではなく、ニックネームや活動名のたぐいであることくらいすぐにわかった。

「これまで自作とかしたことある?」

ジェンガにそう尋ねられる。え、これそういう、経験者とかの概念ある感じですか。

もずくはかぶりを振った。

「チラシ見て、面白そうだなって」

部室に目を移す。数台のミシンやロールの布、工作の跡なんかが目についた。冷蔵庫やテレビなんかもあって、菓子や漫画が床に散らかっている。なんだか家庭科室に住みついているみたいだった。

うちのワンルームよりちょっと広いくらいだな、ともずくは思う。今の部室はすいているが、総勢で十名くらいはメンバーがいるらしい。

「どんな感じなんですか。その、着ぐるみ」

ちょっと赤面しながら、もずくは言った。

「見てみる？」

返答を待たずにジェンガは部室に置いてあったボストンバッグを開けた。自分の作品を見てもらいたくてしょうがない、といった感じだった。

中には硬式テニスボールみたいな色をした、ネコっぽい生き物の身体のパーツが入っていた。バラバラ死体みたいだ。

ジェンガは水泳でもするみたいに、ぴっちりとしたスポーツウェアとキャップで全身を覆ってから、毛皮を纏いはじめる。

「ちょっとジッパー上げんの手伝って」

ひとりじゃ着られないらしい。そりゃそうか。もずくは見よう見まねでジェンガの背中のジッパーを上げた。

ジェンガは仕上げに、そこはかとなく艶かしい表情をしたネコの頭部を頭に被った。

ジェンガが完全に中に入ると、さっきまで平面だった着ぐるみは厚みと質量を帯び、たしかな存在感を放ちはじめるのが明確に伝わってきた。

あ。

もずくは声を漏らしそうになる。自分より一回りくらい大きい着ぐるみに見下ろされる。

これは……なんだろう。もずくはふいに、これまで感じたことのない感情を抱いた。

彼のオリジナルなのか、既存のキャラクターの再現なのかもわからなかったけど、無性にその生き物に抱きしめられたくなった。布の中にただの痩せたメガネのオタクが入っているにすぎないのに、どうしてこんなに魅力的なんだろうか。

もずくは自分がこういうものが好きだっていうことに、はじめて気づいた。

その生き物はふわふわの両手をこちらに向かって広げてくる。

いいの？

よく考えたら、痩せたメガネのオタクがかわいこぶった動作をしているだけだ。

わかっちゃいるんだが、その胸に飛び込みたい衝動が湧き上がっておさまらない。

見知らぬ痩せたメガネのオタクとの毛皮ごしの抱擁で、もずくははじめて本当の意味での温もりを感じた。柔らかい毛皮はほんのりと暖い。ほんのりと甘い匂いさえもする。

ジェンガが肉球を再現したグローブで頭を撫でてくる。

幼少期の思い出なんかありもしないのに、なんだか懐かしさで胸がいっぱいになった。

部室の扉がノックされる音で、もずくは我に返った。お疲れ様でーす、と誰かが入ってくる。もずくはハッとして、反射的にジェンガを押しのけながら振り返った。

「あ、キップじゃん。おつかれ。もう授業ないの？」

ジェンガは頭を外しながら、部室に入ってきた学生に声をかけた。

「今日は午前で終わりなんで……あ、初めて会う人ですね？　キップっていいます」

切符、とは違うイントネーションで彼女は言った。

もずくは平野（ひらの）です、と名乗る。もっとも、その名前で呼ばれるのはその日で最後だった。彼は一週間後、正式にもずくとしてデビューする。

「えっと……部員の人ですよね？」

あ、えっと……。言葉に詰まる。急に恥ずかしくなってきた。よく考えなくてもおかしくない？　え、俺、なんで初対面の知らん奴とハグしてうっとりしてんの？

「キップも一年で、入学してすぐうちに来てくれたんだけど、界隈でめっちゃ有名だから。すごいよ。普通に企業と仕事とかしてて」

ジェンガにそう耳打ちされた。その界隈って知らないんだけど。どれくらいのすごさ？　もずくはへぇ、と興味ありげに相槌を打った。このときはまだ、彼女が本当にすごいということを知らなかった。

「平野くん、完全に初心者なんだってさ。いろいろ教えてあげてよ」

初心者とか上級者とかあるんだ。もずくは彼女の方に視線を向けつつ、よろしくお願いしますぅ〜、といった態度ではにかんだ。

キップは中高生のときから裁縫に明け暮れていて、その頃からすでに専門的な仕事を得ていたらしい。聞くところによると通っている大学もここことは別で、着ぐるみを作りたいがためにこのサークルに入ってきたという。


「平野くんも一回着てみる？　着ぐるみ」

ジェンガたちが授業を受けるために部室からいなくなり、ふたりきりになった。

キップは部室で干されていた着ぐるみを指さす。

「え、いいんですか」

そういうのって、共有していいものなの？

「敬語じゃなくていいよ。私も一年だから」

このやりとりをした時点で、なんとなく上下関係ができてしまったようにもずくは思う。まぁ、別にいいか。そんなことより、許されるなら着てみたかった。

俺もフワフワになりたい！

さきほどジェンガが着ていたウェアやキャップは、着ぐるみ本体に汗がつかないよう吸水するためのものなのだと教えてもらった。全身タイツみたいでちょっと滑稽だ。

キップに手伝ってもらい着ぐるみを着せてもらう。パステルカラーの薄紫。脚が太くて、全体的にずっしりとした体軀だ。足の先に、ゴム製の硬い細工がある。蹄をイメージしたものだろうか。クリスマスツリーみたいに、星とか花びらとかリースとか、身体じゅうに派手な装飾がいくつも縫い付けられている。

彼女が腕に抱えているのは、ちょっと眠そうな瞳をした、デフォルメのきいた馬をかたどったヘッドパーツだった。瞳孔の中に小さな星がちりばめられている。額から角が生えていて、たてがみのラメ入りのウィッグがキラキラ輝いていた。ピンと立った右耳にはピアスも付いている。

ユニコーン？　身体と合わせると、クジャクとユニコーンのミックスって感じがする。

「これ、前見えるの？」

「目のとこがマジックミラーになってんの。普通に見えるよ」

頭を被って、二足歩行のユニコーンになった自分を姿見で見つめてみる。

「どう？」

もずくは言葉では答えずに、その場で小さく踊るように身体を動かした。普段はそんなことしないけど、今はそうしたかった。それに、着ぐるみを着たまま喋っていいのかわからない。

「良かった？」

もずくは頷いた。すっごく、いい。

姿見の前で、自分に向かって手を振ってみる。

スマホカメラのシャッターを切る音がした。知らぬ間に、背後からキップに写真を撮られていた。

着ぐるみに入っていると、ちょっと動いただけでとてつもない暑さを感じる。

もずくは疲れてきて、頭のパーツを外して床に座り込んだ。

「それはずっと前に、作り方ネットで調べて家で作ってみたやつ。ちょっと雑だけど、初期のやつだからさ……大目に見て」

これはキップの作品だったらしい。

もずくはなんだか興奮していた。この着ぐるみは子ども騙しの代物じゃなくて、もっと奥が深いなにかだ。

「あの、あんまうまく言語化できないんだけど……」

そう前置きしてから、もずくは伝えた。

これらの着ぐるみ……とくにこのクジャクユニコーンはなによりそのかわいさが、とうてい実際の生き物とは似ても似つかない配色に、過剰な装飾。なんというか、不自然で、人工的で、誇張されたものであることにこそ惹かれた。ものすごく、自由だと思った。

「気に入ってもらえてよかった」

もずくはキップに手伝ってもらいながら生身に戻った。

「平野くん、来週の新歓来る?」

そりゃあもう。

自分でも着ぐるみ作って、着たい。学生の間に打ち込むことがここで決まった。就活のガクチカは手芸って言おう。

もずくはサークルに入ってしばらく、大学生の集まりにしては幼稚な雰囲気とか、あだ名で呼び合うノリとかは正直キツいと思っていた。でも、そのくらいのことにはすぐに慣れた。ミシンの使い方なんかを教わりながら、着ぐるみを自作しはじめた。完成までは半年以上かかる。

もずくにとってコンプレックスだった身長の低さも、ここではある種の強みだった。小柄なほうが着ぐるみは作りやすいし、なにより、小ささとかわいさは基本的に比例する。かわいいに越したことはない。

また、高校生のときから手放せなかったタバコをまったく吸わなくなった。自宅には常に作りかけの着ぐるみがあった。毛皮は匂いが移りやすく、洗濯するのにも手間がかかる。着ぐるみは常にいい匂いでなくてはならない。

メンバーたちとともに東急ハンズやダイソーで工作の素材を買い集めたり、イベントに参加したりするのはとても楽しかった。有志で集まって、着ぐるみを着て触れ合ったり、写真を撮りあったりするイベントがある。

自分たちで楽しむだけじゃなくて、ボランティアとして公民館とかに行ったりすることもあった。自分の着ぐるみに子どもが群がってくるのを見て、もずくは生まれてはじめて感動で泣きそうになった。実際に落涙はしていない。

ところで、もずくは厭世的であることと、かわいい着ぐるみを着てはしゃぐことはねじれの位置にあると思っていた。しかし実際のところはそれらは平行してもなんらおかしくないものだったし、むしろ、みんな陰気な感じだった。基本的に負け組の文化なので……。

サークルメンバーたちはどちらかというとみんな内向的だった。もずくもそうだが、生身のときより、着ぐるみを着ているときのほうがずっと元気だ。在学中にもただでさえ少なめのメンバーの何人かが、どこかあずかり知らぬところで精神を病んで大学自体を去ったのを覚えている。

ジェンガはそれらの典型例だった。生身の彼に、初対面の人間に抱きつけるほどの胆力はない。みんなで飲みに行っても、彼の口から出るのはネットスラングと悪口と希死念慮だけだった。

ところで、新進気鋭のアーティストっぽく振る舞っていたキップも、彼女は彼女で生身の身体は弱みだらけだった。普段は長袖で隠している左手首に、深い切り傷の痕が三本あることをもずくは覚えている。

もずくにとって、キップははじめてできた友人であり、師だった。彼女とはサークル活動の場以外でも、よく遊ぶようになった。

自分のことは自分だけが知っていればいい、と考えていたもずくは他人に自分を曝け出したりしなかったけど、キップには心を開いていた。あのとき着せてもらったクジャクユニコーンは、いちばんの憧れになった。

「キップって昔から裁縫とか得意だったの？」

もずくたちは原宿の竹下通りを歩いていた。ふたりで並んで歩いたり、サンタモニカのクレープを食べたりしていると、なんだか「マトモ」な人間になったような気分になる。

「まぁ、ね。やってたから。家で……」

キップはなんだか言葉に詰まっていた。

「そうなんだ。俺も、家庭科の授業ちゃんと受けときゃよかったよ」

もずくがミシンや裁縫道具を本格的に扱い出したのはつい最近だ。覚えは悪くないほうだったけど、経験者には遠く及ばない。

「うーん。あのさ……」

もずくには、キップがなにか秘密を明かそうとしているように見えた。原宿駅前のドトールは客でごった返している。内緒話には向いてない気がする。

「これは誰にも言ったことないんだけどさ。もずくには教えてあげるよ。ディバインのこと、気に入ってくれたから」

ディバインというのはキップのクジャクユニコーンの、キャラクターとしての名前だ。実際に立体化させる前に、キャラ造形を入念に考える人もいる。ディバインは普通の馬なのだがユニコーンになりたくて、たてがみをきれいに染めてフェイクの角を頭にくっつけている……という設定らしい。

ディバインはほかのメンバーにはさほどウケていないらしい。装飾が派手すぎて取り回しがきかないし、なんか見てるとどこに注目すればいいかわからなくなる。たしかオーライくんが、見てると目が疲れて視力が悪くなる、とか言ってたっけ。

「家でずっと、ギャルソンとかアンダーカバーとかの服、作ってたんだ」

「マジで？　ファッションブランドの手伝いとかしてたの？」

キップはストローについたコーヒーフロートのバニラアイスを舐めとりながら、いいや、とかぶりを振った。

「うち、ブランドのパチモノを売って生計を立てて……中学のころから手伝わされてたんだ。自分は着れない服をずっと作らされてさ」

「え、ほんとそれ？　すご！」

「サークルのみんなにはただの裁縫好きって言ってるけどね。……そうそう、家族がやってた商売って、本物だって騙して偽物を摑ませるんじゃないんだよね」

「そうなの？」

「偽物ですって暗黙の了承のもと売って、みんな偽物って知った上で買ってく。パッと見じゃわかんないからね。着るぶんにはそれでいいんでしょ」

「そーかなぁ？」

自分だったら偽物を身に纏っている、と考えるだけでヤだなぁ、ともずくは思う。ファッションは自分のテンションを上げるために存在するのであって、他人から良く思われたり、モテたりするためのものじゃない。

キップはもずくの芳しくない反応に同調した。

「でしょ！　本物ですって騙すほうがよっぽど健全だよね！　私、昔からずっとムカついててさ。売るほうが十ゼロで悪いんだけどさ、買う方も買う方っしょ？」

「なんかさ、ハンター×ハンターに出てくるキルア＝ゾルディックが、幼少期から家族ぐるみで殺人の技術を教え込まれてた……みたいな？」

もずくは気が利いてると思ってそう言ったが、読んだことない漫画で喩えられたキップにはピンと来てないようだった。

「だから今は、着ぐるみとか、いっぱい作りたいんだ。ただただかわいくって、無意味で、金にならない！　そういうものが好き」

ディバインの不自然なくらい過剰な装飾は、そういった思いから来ているのかもしれない。もずくはそう思うが、口には出さない。

誰にだって秘密はあるってことだよね。キップは話を切り上げて店から出ようとしたとき、これまでのやりとりを締めくくるようにそう言った。

やがてもずくは順当に大学を卒業し、サークルを離れる。もずくがもずくじゃなくなってからは、学生時代のことは積極的に思い出さないようにしていた。だから、彼女とのこの思い出も、きっとどこかが事実とは食い違うはずだった。

ずっと使っていたミシンや在籍中に制作した総勢三体の着ぐるみはサークルに置いていったり、ネットで売ったりして（ひと月ぶんの生活費ぐらいになった！）手放してしまった。

残りの一体はなんの因果か、児童養護施設に寄付されることになった。周りを楽しませるというより完全に自分のフェチで作ったそれが子どもたちに囲まれていると思うと、ちょっとウケた。

自作の着ぐるみにはとても愛着があった。それでも、就職後の引っ越し先には持っていけないからというだけの理由で、自分でも驚くくらいためらいなく手放せた。

唯一取っておいたのは、キップから借りた裁縫セットだけだった。

イベントに参加したときに自分の着ぐるみが破けちゃって、応急処置をするために貸してもらったものだった。その後、借りていたこと自体を忘れていたもずくはけっきょく卒業まで返さなかった。

もずくが今も裁縫セットを持ち歩いているのは、もしどこかでばったり会ったとき、返せるように。そしてそれを、会話のきっかけにできたらいいな、という考えによるものだった。

「久しぶりにさ、みんなで会わない？　もずくが暇なときでいいから」

とりとめない口調でキップが言う。ジェンガの葬式は親族だけでやるらしいから、それとは無関係だ。

「いいよ」

予定を合わせたのち、電話は切れた。久しぶりにサークルのことを考えると、ずっと箱にしまいっぱなしだった靴を数年ぶりに取り出したような感覚だった。むわっとした埃っぽい空気に頭がぼやける。

サークルで深夜に撮影に出かけたことがある。夜中の森を舞台に選びたかった。都内でも探せばそういうスポットはわりとたくさんあるということをもずくは知る。あんまり気合いを入れて田舎のほうに行きすぎると、通報されたり、猟師に本物の動物と間違われてマジで撃たれたりする可能性が……。

青白い光を放つライトが取り付けられている珍しい踏切を通りかかった。なにこれ、と誰かが言うと、鶴見済の『完全自殺マニュアル』をこれ見よがしに読んでそうなジェンガが答えた。

「自殺防止のためのブルーライトだよ。青にはリラックス効果があるから、早まる気持ちが抑えられるんだ」

「先輩、死について詳しいっすね」

誰かが言った。あからさまに皮肉であることがもずくにもわかったが、ジェンガは得意げに頷いた。まぁな。

ジェンガは自分の着ぐるみを着たまま死んでいた。死にながら着ぐるみを着ていた。

現場は誰もいない実家の自室。もしかしたら死ぬ前に着ぐるみを着たんじゃなくて、誰かによって自殺に見せかけるために着せられたのかもしれない。着ぐるみの中は密室。清涼院流水の小説みたいだね。

そんなことはなくて、本当に、大好きな着ぐるみと一緒に死にたかっただけだったようだ。せっかくだから、みたいな感じで。

もずくは四年ぶりにジェンガのことを思い出した。学年が二つ上だったジェンガとはさほど交流は多くなかったが、印象はよく覚えている。

もずくはジェンガの着ぐるみの修理を手伝ったことがあった。入部したときに触らせてもらった、黄緑色のネコのやつだ。名前はバスキーっていうらしい。お尻についてるしっぽのパーツは、新聞紙を丸めたのをテープで固めて型を作る。

その作業を手伝っていたもずくは、ジェンガが持参してきた古新聞が新興宗教の機関紙であることに気づいた。ジェンガはネットでさんざんこういう団体の悪口を言っていたはずだった。

「けっこう動くからすぐ傷んじゃって、毎回パーツ交換してんだ」

「そうなんですね」

ジェンガはサイレント映画的な表現を好んでいた。自主的にそういう映像を作っているらしい。身体を張った動きをするから、着ぐるみもすぐ傷んでしまう。

「脚とか耳とか、顔のパーツとかね。毛皮以外、もうオリジナルの部分残ってないかも」

「テセウスの船っすね」

「なにそれ」

ジェンガが知らない言葉を使われて若干不機嫌になったのを察し、もずくは失態を覚る。名前の由来になっているゲームさながら、彼との会話は繊細な集中力がいる。

「いや……たとえ話です。船が故障したら部品を交換して修理するじゃないですか。最終的にすべての部品が新しいものと置き換わるわけですが、はたしてその船は前と今で同じ船なのか、って」

「同じなんじゃないか」

ジェンガは作業の手を止めずに、わりときっぱりと言った。

「でも、それぞれの部品はまったくの別物なんですよ」

「パーツなんて外側じゃん。肝心なのは中身だろ」

着ぐるみが大好きな人間の言葉だとはとうてい思えず、もずくは吹き出した。着ぐるみをあくまで創作物として考え、それとしての造形にこだわっているキップやもずくと違い、ジェンガは本気でそのキャラ「そのもの」に成り代わりたがっているタイプだった。

ジェンガは、入部してすぐなんとなくサークルのノリを恥ずかしがっていたもずくにこう言った。

「こういうのって、半笑いでやるとギャグにしかならないから。マジでやらなきゃ」

ジェンガはなにも考えていないようでいて、いい年の成人が集まって着ぐるみにはしゃいでいることの滑稽さ自体は看破していた。その上であえてやることに意味がある。それがジェンガの思想なんだと、もずくは思った。

ところでさ、とジェンガは話を変えようとする。修理が終わった着ぐるみをバッグにしまいながら、もずくに視線を向けずに言う。

「なんですか」

「もずく、キップと仲いいよな。けっこう一緒にいるじゃん」

「まぁ、学年同じなんで。学校は違うけど……」

キップはここよりふたまわりくらい上等な大学に在籍している。

「いいよな。な、ここだけの話、付き合ってんの？」

そういう話はめんどくさいだけだからやめてほしいなぁ。もずくは平坦な口調で答えた。

「別にぃ〜。そんなんじゃないですよ。一緒に制作とかやってるだけです」

「ほんとかよー。なんかさぁ、置いてかれたみたいで悲しくなっちゃうんだよ、俺」

着ぐるみ状態だったら激しいスキンシップを誰とでもするくせに、なんでそういうとこ繊細なの。

「でももずく、結構モテるでしょ」

「そんなことないっすよ。めんどくさいんすよねぇ。そういうの」

もずくはジェンガに負け惜しみや開き直りと解釈されたら癪だなと思いつつ、言った。本当にそう思っていた。

「ここだけの話、しぐれももずくのこと好きだって言ってたよ」

「……そういうこと、あんま言いふらさないほうがいいんじゃないですか」

他人の秘密を勝手に共有させられたくない、ともずくは思う。それにしぐれなんて、いちばんありえないじゃないか。

「じゃあさ、もずくはうちのサークルだったら、強いて言えば誰が好きなの？」

「んー？　別に、誰でも……。先輩でもいいっすよ。ただ、ずっとバスキー着ててもらえれば」

「死んでしまうぞ」

ジェンガは笑った。

冬場でもない限り、熱がこもりすぎて着ぐるみはあんまり長い間着てられない。

話題を変えることに成功したもずくは、それに合わせて愛想笑いを浮かべる。

そうだ。しぐれ。

ジェンガについての回想で芋づる式に思い出したメンバーについて、ちょっと考えてみることにする。しぐれは単純にいちばん話してて面白かった。

もずくがサークルに在籍して一年経ったころに、新入生として入部してきたのがしぐれだった。

しぐれは作り手じゃなくて、単なる着ぐるみファンとして入ってきた。このサークルは表面的には手芸サークルってことになっているものの、実のところは「着ぐるみ愛好会」なので、そういうメンバーもいた。

しぐれは主にカメラマンを務めていた。自前のニコンの一眼レフをいつも首からぶら下げて、瞬きのような頻度でシャッターを切っていたことを思い出す。

文学部でアメリカ文学を専攻していて、フラナリー・オコナーをはじめとする南部ゴシック文学を題材に卒論を書き、もずくの一年後に卒業した。今になって思えば、シャープでエッジーだけど、ユーモラスでキュートな一面も持つヤマアラシみたいな生態は、ちょっとだけオコナーの小説っぽかった。

もずくたちはレンタルスタジオにいた。

撮影の準備をしながら、同行していたしぐれと他愛のない会話をする。しぐれは入部して日が浅いから、みんなに馴染めているかどうかが気になった。

「もう慣れた？　サークルのノリとか。俺最初、あだ名で呼び合うとかすげー恥ずかしくてさぁ。しぐれは大丈夫？」

もずくの同情めいた口調に、しぐれはなんだか可笑しみを感じたようだった。下唇を舌で舐めつつ、少し笑う。

「まぁ、そんなに悪いとは思いませんよ。おもしろいですよ！『十角館の殺人』みたいで……」

あっ。もずくは膝を打つ。

「もしかしたらそれが元ネタかもしれないね！」

綾辻行人の有名な小説に出てくるミステリ研のメンバーたちは、推理作家にちなんだあだ名でお互いを呼び合う。そっか、創設メンバーはそれの「着ぐるみ版」をやっていて、その因習が今も残ってるってこと？

「着ぐるみ好きなやつが読書とかしますかね？ジャンル小説だったとしても」

「……俺はするよ？」

「つーか仮にほんとに『十角館』の真似だったとしたら、そのほうがなんか嫌かも……」

もずくは笑った。

しぐれは常に冷静だった。愛想笑いもしないし、社交辞令も言わない。それでも言葉の端々から知性や誠実さを感じさせるから、みんなから信頼を置かれている。誰も軽視しないから、誰からも軽視されない。もずくはたまにしぐれのことが羨ましくなった。

同行している四名のサークルメンバー総出でセットを設営し終えた。テーブルやソファーなんかを並べ、偽物の生活空間が演出される。そこに写り込むために、もずくは偽物の生き物に成り代わる。ペンキの溜まった池に落っこちたようなショッキングピンクのバンビ……みたいな造形だ。

中に同級生が入っている、角帽をかぶったフクロウと一緒にソファーに座る。レフ板に反射するライトの光を着ぐるみの瞳ごしに感じながら、もずくはしぐれのかまえるカメラに注目した。

「じゃあお願いしまーす。ベリーちゃん、ちょっと顔上げてもらっていいですか～？」

しぐれがクールなのは生身の人間に対してだけだった。着ぐるみの「ガワ」のほうの名前でもずくを呼びながら、猫撫で声でアングルを指定する。

「あーいいです。すっっごいかわいい。そのままお願いしますね。じゃあ行きますよー」

しぐれはシャッターを何度か切った。構図を変えつつ、部屋の中でいろんなシチュエーションを撮影していった。

しぐれはシャッターを切るたびに、かわいいかわいいかわいいって独り言と掛け声の中間みたいな口調で呟く。

「オットーくん、ちょっと目線ください」

よそ見していたオーライくん（たしか、セルフじゃないガソリンスタンドでバイトしているからこう呼ばれていた）に視線を求め、あーそこです。かわいいですねー、とシャッターを切る。


しぐれに写真を撮ってもらったあとはいつもなんか変な気分になる。なんだか、失敗を許されたときのような、恥と安堵が合わさったときに似た気持ちだったことを覚えている。

スタジオのレンタル終了時間が近づき、撤収作業を終えた。もずくはこのあと四人で遊びに行こうと提案したけれど、ちよとオーライくんは予定があるらしかった。

「どうします？　個人的にはこのあと空いてるんですけど」

しぐれに言われる。もずくはしぐれとふたりきりになるのははじめてだった。ちょっと気まずかったけど、断る理由もない。どっか行こっか、と返す。

原宿駅から数十分歩いたところにあるレンタルスタジオを出る。駅方面に向かうちよとオーライくんを見送ってから、もずくはしぐれと歩き出した。

もずくたちは基本的に原宿を拠点に活動していた。大学から近いというのがいちばんの理由だが、この街はとくに、自分たちの世界観に合っていると思っていた。即物的で人工的な、雑多で不自然なかわいさの街。とうてい人間の食い物とは思えない色合いのスイーツを食べよう！

「そうだなぁ。ダーツでもやります？」

右手で投げるジェスチャーをしながら、しぐれが提案する。

「ダーツ……」

近くにダーツバーがあるらしい。この時間だったら空いてるだろうし、としぐれは言った。

「あ、うん。じゃあ」

着ぐるみを入れたバッグを抱えたまま、しぐれに連れられて雑居ビルの中にあるダーツバーに入った。

しぐれの言う通り、平日の夕方の店内はビリー・アイリッシュの曲がスピーカーから流れているだけで、閑散としていた。

しぐれがダーツマシンに硬貨を入れようとした。もずくは慌てて財布を出す。

「ああごめん。俺出すよ」

「どうも！」

しぐれはマシンでカウントアップのルールを選択した。単純に、的を狙って投げて得点が高いほうの勝ち、いちばんシンプルなルールだ。

「勝ち負けに意味あるわけじゃないから、気楽にやりましょ」

カウンターで注文したドリンクのグラスをかち合わせてから、口に含む。

もずくはめちゃくちゃに下手だった。スコア以前にせめて的には当ててください よ、としぐれに茶化され、赤面する。ゲームはしぐれの圧勝で終わった。もずくは注文したカルーアミルクのアルコール度数が想定より高かったことを言い訳にした。ちょっと酔っちゃって狙いが定まんなかったんだよ。

しぐれは失笑する。

「そうそう、今日撮った写真、こんな感じです」

座席でドリンクを飲みつつ、しぐれはカメラに保存した写真を見せてくれる。

「おっ、いい感じ」

あいかわらず中に自分が入っているとは思えないくらいかわいい！　キップらに手伝ってもらいながら、長い時間をかけて作った一体だ。

「ベリーちゃんもオットーくんもいいですよねぇ……みんな、ちゃんと造形やっててすごいなぁ」

細いグラスに注がれたビールを啜りながら、しぐれは言った。

「しぐれは自作しようとは思わないの？」

ろう。

「思わないですね」

もずくは誰かにそう聞かれたとしたら、いやぁ……と頭を掻きながらはにかむだろう。

対して、しぐれは明瞭に首を振った。

「もちろん憧れてたこともあったけど。根本的に向いてないんですよね。不器用で……。それに、個人的に自分で考えたキャラにはそんなにノれないかも」

自分のオリジナルキャラを「うちのこ」とか呼んで、熱烈な愛情を注ぐ連中も少なくない。着ぐるみの造形とはまったく関係ないバックストーリーがぎっしり。

ところで、しぐれは「個人的」って頻繁に言う。そのことにふと気づいたもずくは、彼の言葉の端々に注目するようになった。聡明なしぐれに語彙の偏りがあるようにはとうてい思えないから、わざとやってるんだと思う。

のちに、しぐれは一人称を使わないですむようにしゃべっているのだとわかった。「俺」とか、「私」とか言わない。文脈上どうしても必要なときには「自分」とか。

しぐれはビールを飲み干してから、持論を語ってくれた。

「アイドルのファンだからといって、必ずしも自分もアイドルになろうとするとは限らないじゃないですか。自分の中では着ぐるみって、そういうものなんですよね」

中に入っている人よりも、人が中に入って動く仕組みの「ガワ」にこそアイデンティティがあって、しぐれはそれに心酔している。たとえば、もずく以外の人間が中に入っていたとしても、ベリーはベリーなのである。

「アイドル……。いつでも会いに行けるね」

「そう。だからこのサークル、大好きですよ」

もずくは愛想笑いもなしに、そういうことを言えるしぐれに畏敬の念に近い思いすら抱いた。

「先輩はどちらかっていえば、作品として創作してるって感じですよね」

ベリーのキャラとしての名前や設定は、キップが考えてくれたものだった。単純な名前だけど、いちおうberryとveryがかかってる。

しぐれも、造形を元にした2Dイラストとか、キップが作った世界観を元にした漫画を描いてくれたりした。しぐれはこういうことが得意で、どちらかといえば二次創作スタイルの人間なんだと思う。

「あと単純に、写真も好きなんで」

しぐれが銃をリロードするみたいに、いくつものレンズを装着しては外し、を繰り返しているのを何度か見たことがあった。カメラも着ぐるみと同じか、それ以上に難儀な趣味だよね。もずくはそう思う。

「なるほどね」

もずくはファッションも好きだったから、より良いものを揃えていくコレクター精神はなんとなく理解できるつもりだった。

「そうそう、サンスクリット語で月のことを『シャシン』っていうらしいですね」

「それ、『十角館の殺人』の冒頭あたりで言ってなかった？」

「個人的に着ぐるみと同じくらい好きっすね。館シリーズ」

ドリンクをもう一杯ずつ頼んで、ポップコーンシュリンプをふたりで食べて、何回かダーツをプレイした。矢を投げるのに疲れたら、また座席に座って酒を飲む。

「先輩にとっての目標というか、モチベーションみたいのってなんなんですか？」

しぐれに尋ねられ、もずくはブルーハワイのかちわり氷を口の中でかじりながら熟考する。

「まー月並みだけど、もっといいものを作りたいって思うなー。なんか、こういう感情が正しいのかはわからないんだけど、イベントとか行って自分のよりかわいい着ぐるみを見ると、それに勝ちたいって思っちゃう」

要するにキップみたいになりたい、ということなのだが、言葉を濁したせいでなんだかとりとめのない言い回しになってしまった。

「着ぐるみバトルっすね」

しぐれはシニカルに言った。

「バトル……」

なんだかそれが面白い言葉に思えて、もずくは繰り返した。そもそもこういうの、勝ち負けがあるわけじゃないんだけどさ、と付け加える。

いちばんかわいいやつの勝ち！

こうして昔のことを思い出していると、どうしてもちょっと悲しくなる。自分の意志で捨てたはずのものがふと恋しくなる、そんな感じだった。

キップが調整したスケジュールの当日になった。

もずくはちょっと緊張しながら、待ち合わせ場所の喫茶店に入る。すぐに最奥のテーブルに視線が向かった。ローズゴールドに染めたボブヘアと、イッセイミヤケのパステルカラーのワンピース、ドクターマーチンのブーツ……記憶の中のキップとほぼ同じ容姿をしていたから、もずくはすぐにそれが彼女であるとわかった。

「えっと……キップ、だよね」

ネットで知り合った人とはじめて実際に会うときみたいだな、ともずくは思う。

「もずく？　久しぶり」

彼女はもずくの顔をしばらくじっと観察してから合点がいったようだった。髪を短くして色も黒に戻したもずくは、ぱっと見の印象はかなり異なっているはずだった。

もずくはよそよそしく、彼女の向かいの席に座った。四人がけのテーブル席にいるのは、結局集まれるのは三人だけだったからだ。いちおうみんなに声をかけたけど、ほかのメンバーは返信が返ってこなかったり、都合が合わなかったりした。なんだかんだで、予定が合ったのはもずくのほかはしぐれだけだった。本当はちよも来るはずだったんだけど、前日にコロナの陽性反応が出てしまったらしい。

もずくたちはしぐれを待ちながら、昔のことをいろいろ思い出していた。他愛のない話の流れで、キップが今もまだ着ぐるみ作家として活躍していることを知る。もはや彼女は二ッチな趣味が高じて仕事となった、理想的なケースみたいだ。趣味の同人作家じゃなくて、普通に食えるアーティストだった。

結局最後まで、キップには及ばなかったなぁ。

そのものの経験の差が違うから別に悔しくはないけど、一回も勝てなかった。

昔を思い出す流れの中で、もずくはふと思い出す。

「あっそうだ、これ！　今さら返されても迷惑かもしれないけど……」

もずくはバッグから裁縫セットを取り出した。ちょうどこの前使ったっきりの、それだ。

「なにこれ？」

キップはポーチに入ったそれを手に取り、じっと眺めた。

「サークルのときに借りたままになっちゃってたから……」

「これ、私のじゃないよ」

「えっ？　ほんと？」

忘れてるのかな、と思う。どっちが？

「間違いないね。イーブイのポーチ……私は版権モノのグッズ買ったり絶対しないから」

「えーっ。嘘。マジぃ？　じゃあこれ、誰から借りたんだっけ……」

どこでも買えるような裁縫道具だけど、借りパクしたうえに誰から借りたかも覚えていないなんて、なんだかヒドいように感じる。

「まぁ、いいんじゃない？　別に高いやつじゃないし」

ここでしぐれが到着した。しぐれは学生時代とほぼ変わっていないキップを目印に、こちらに気づいたようだった。

キップが手を振る。

「おっ！　お久しぶりでーす」

数年ぶりの再会にも、しぐれはまったく気後れしているように見えなかった。学生時代のときそのものみたいな態度で言い、もずくの隣に座った。

もう一杯の水を持ってきた店員に、しぐれはアイスコーヒーを頼む。

「しぐれって今何してんの？」

「あー……。就活失敗したんで、まだフリーターです。池袋のうなぎ屋でバイトしてますよ」

もずくはしぐれがうなぎを焼いている様子を想像してみた。なんだか笑えた。

「先輩たちはどうなんですか？」

「私はふつーに働きながら……今も着ぐるみ作ってるよ」

「俺は……」

もずくは卒業後、ドメスティックファッションの会社に就職した。学生時代に趣味の裁縫で、服飾の技術を自主的に学んでいた……。面接でした、そういう筋書きの自己ＰＲにはけっこう手応えがあった。

面接官に、あなたにとってファッションとはなんですか？　というような質問をされたことを思い出す。はい、と明瞭に返事をしてから、用意していた答えを読み上げた。

ファッションとはなりたい自分になるためのものであり、誰かのためじゃなくて、服を着るその人自身のために存在するものだ。ファッションは精神的な武装であり、物体として可視化された思想なのである。

ということをフォーマルな言い回しに直して言った。

はい。私は裁縫とは、暴力に対抗するものであると考えております。

そうだ。最後にそんなフレーズを使った気がする。サークルメンバーの誰かが言ってたのをパクったんだよね。

「俺も、ふつーだね。着ぐるみはもう作ってないけどさ……」

今の生活は別に苦労はしてないけど、充実してるわけじゃない。


みんないちおういっぱしの社会人になっているからいちおう常識として、そのときだけ初対面みたいになって本名を教えあった。もずくは平野、キップは権藤、しぐれは宇賀神（うがじん⁉）。でもどうしても覚えられなくって、結局学生時代の呼び方に逆戻りしてしまった。いまさらキップを「権藤」と言い換えようとしたって、混乱するだけだった。

話題が過去の思い出話から、ジェンガの死についてに切り替わる。死んでもなお、「ついで」みたいに扱われる彼を、もずくはちょっと不憫に思った。

ジェンガの死について誰も詳細を知らない。とくに大々的に報道されるようなものではなかったから、もずくたちにはめぼしい情報は届いていない。着ぐるみを着たまま自殺した無職の男、という滑稽な構図はネット受けするから、いくつかのウェブ記事や匿名掲示板がネタにしていたくらいだった。

「悲報、自殺した子ども部屋おじさん、とんでもない姿で発見されてしまう……」

しぐれはウェブまとめの露悪的な見出しを淡々と読み上げた。

数年ぶりに再会したもずくたちは、少ない情報から推理を重ねて彼の死の真相を探る……ということはなく、ただただ憶測を浮かべるだけだった。

「希死念慮にまみれてた奴がほんとに死ぬとは思わなかったですね」

ジェンガはあいさつくらいの頻度で「死にてー」とか「もう死ぬわ」とか言ってたけど、そういうやつが本当に死ぬとはみんな思っていなかった。

「まぁ傍（はた）から見れば変な死に方ですよね。なにか意味を見出しちゃう人もいるかも」

「しぐれミステリ好きだからさ、なんか持論とかないの？　これはなんかの見立て殺人だ！　とか、実は中身は本物のジェンガじゃなかった、とか」

「あるわけないでしょ。ふつーに不謹慎っすね、それ」

「ミステリと言う勿（なか）れ！　あはは」

キップは声をあげて笑った。

「着ぐるみも一緒に火葬してもらえたりするんですかね。デカすぎて無理か」

しぐれの言葉から、もずくは着ぐるみのまま棺に入って焼かれるジェンガの姿をイメージした。

「着ぐるみ葬……」

「悪くないですね。持ち主がいなくなって誰にも着られなくなるより、いいんじゃないでしょうか」

なにかを思い出したように、キップは指を鳴らす。

「そうそう、その話なんだけど、ジェンガさんの家族から私に連絡来てさ。スマホに残ってた連絡先、私のだけだったんだって。で、彼が着てた着ぐるみ、取っといてもかさばるし捨て方もわかんないから、引き取ってほしいって。どっちか、いる？　うちにはもう置くスペースないんだよね」

中身が不在になったバスキーの引き取り手を探すのが、今日集まった主目的だった。事故物件ならぬ事故着ぐるみになってしまったそれは、うかつに売却や寄付もできない。

もずくは断ろうと思った。学生時代、数体の着ぐるみとともに過ごしたワンルームのことを思い出す。畳んでおいておくにしても、かなり場所を取る。とくにヘッドのパーツはクローゼットに入らなかったから、戦国時代のさらし首みたいにでかい頭を三つ、棚の上に並べていた。

なかなか悪くない光景だったけど、さすがに今はもう、といった感じだ。

隣では、しぐれがうーん、と悩ましげに唸っている。

「正直な話欲しいんですけど。でもバスキーちゃん、もずく先輩にとっても思い出深いでしょうし。譲りますよ」

「え、いいよ……」

なんで遠慮してるみたいになってるの？　いいよ、しぐれが貰いなよ。

「だって、先輩がこのサークル入る決め手になったのがバスキーちゃんでしょ。彼に抱かれてはじめて着ぐるみの虜になったたって、ジェンガ先輩がよく言ってた」

「そうだっけ？」

たしかにそうだけど、なんか嫌な言い方だなぁ。あの人ちょっと盛って話してない？

「あー、そうそう！　めっちゃ懐かしいね。もずく、完全に悩殺されてた」

キップも同調してくる。

「……でも、俺は受け取れないなぁ。悪いけどしぐれ、任せてもいい？」

自作の着ぐるみを手放したのだって、俺はここから決別しなくては、と思ったからだったはずだ。でも、なんでそんなこと考えたんだっけ？

「そうですか。じゃあ一応ちよさんにも聞いてみて、いらなかったらもらっちゃいますね」

しぐれは冷淡ぶった表情を保っていたが、口調はどこか弾んでいた。

「しぐれは今も着ぐるみイベントとかオフ会とか行ってるの？」

もずくは会話の流れで尋ねた。

「たまーに、カメラ持って。今はお金ないんで行けないですけど」

「次は出演者側で出られるね」

「いやー……それはやめときますよ。さすがにジェンガさんに……というか、バスキーちゃんに申し訳ない。まぁ、ある意味で設定に忠実かもしれないけど」

「設定？」

「ああ、バスキーちゃんの。どんなに無茶して身体張っても大丈夫な肉体を持つ、不死身ネコです。バスキーって名前の由来、バスター・キートンですよね」

「しぐれ、そんなことまでよく覚えてるね」

キップは感心したように言う。

「でもなんか、めちゃくちゃ皮肉だね……」

もずくはそっと呟いた。彼はどんな思いでこのキャラクターを創造したのだろうか。


あ、そうだ。

裁縫セットのほかに、もう一つ気がかりなことがあった。話変わるんだけどさ、ともずくは口を開く。

「ねぇねぇ、『裁縫は暴力の逆だから好き』って誰か言ってたよね。キップかしぐれか、ジェンガ先輩のうちの誰かが言ってたと思うんだけど……」

キップとしぐれは釈然としない様子で小首をかしげた。ふたりは互いに顔を見合わせる。ふたりともピンと来てないということは、ジェンガだろうか。彼がこんな言い回しをするとは思えないけれど。

しばらくして、キップはあっ、と言葉を漏らす。

「ああそれ、オーライくんが言ってたね。私たちが二年のときの合宿の宴会で、みんなベロンベロンに酔ってたとき」

「ああ〜、言ってた！　ぼんやりと思い出して来ましたよ」

しぐれも合点がいったようだった。もずくだけがまだピンと来ていない。

え、キップでもしぐれでも、ジェンガでもなくて、オーライくんの言葉だったの？　うわぁどうしよう。あんまり（生身では）絡みなかったから、どんな人だかも覚えてないよ！

もずくは古い引き出しをひっくり返すように、懸命に記憶を探ってみる。彼の着ぐるみのオットーの姿は……鳥のモチーフは珍しかったから造形は思い出せるけど、その中から本人が出てくるところはまったく想像できない。

そもそも「彼」じゃない可能性だってある。「オーライくん」ってあだ名だからといって男だとも限らない。仲が良かったしぐれの性別ですら今までよくわかっていなかったのだから、自分の記憶や想像力なんてアテになりゃしない。

「でもそれ、どーいう文脈で言ったの？　裁縫は壊れたものを直すから（ものを壊すのとは逆）、ってことだよね？」

裁縫は誰も傷つけない！　何度手元を刺して指から血を流したか、数え切れないけどね。

「そこまでは覚えてないや」

キップはそんなに興味を持っていないようだった。

「しぐれはなんか覚えてる？」

いいや、そんなに……。しぐれはかぶりを振った。しぐれはそもそも着ぐるみの中身のほうには興味なさげだったから、記憶しようとも思っていなかったのかもしれない。

「オットーくんのことなら覚えてるんですけどね。写真ならまだ残ってるはず」

しぐれは昔使っていたアカウントにログインし、写真を探す。生身の状態での写真は一枚もない。

オットーはぽってりした体型が魅力の、知的なフクロウのキャラだ。腕の翼のパーツでばっさばっさ羽ばたいていたことを覚えている。角帽をかぶっていることからわかるように、大学生のキャラ。……大学生が大学生のキャラになりきってたの？

「先輩、オーライくんと一緒に動画撮ってティックトックに上げてたでしょ。倉橋ヨエコの『卵とじ』に合わせて踊るやつ」

「俺、そんなことしてたの⁉」

さすがに恥ずかしすぎる気がする。映像が残ってなくてよかった。

「先輩たちじゃなくてベリーちゃんとオットーくんが、ですけど」

「にしたって。なんで覚えてないんだろう……」

「まぁ中身なんてどうでもいいじゃないですか」

「マジで言ってる？」

「さすがに冗談ですけど。まぁ、そんなに気負わなくていいんじゃないんですか」

もずくはテーブルの上に置きっぱなしにしていた裁縫セットを手に取った。なんとなく蓋を開けて、針山にまち針を一本刺す。

「なんかさぁ」

もずくは言った。

「俺、オーライくんのこと、ぜんぶ忘れちゃった気がする。なんでだろ。なんも思い出せない」

なんだか、自分がとても冷酷な人間のように思えてきた。もう一本の針を針山に刺す。

「先輩、信頼できない語り手っすね」

しぐれも真似してケースからまち針を取って、山に刺してくる。

「なんか、積極的に忘れようとしてた気がする。そしたら、本当に忘れちゃったのかも……」

断片的な記憶をパッチワークして一枚の布にしてみても、オーライくんの影はまったく見えない。

「オーライくん、あんまりサークル来てなかったですからね。生身のときあんまり知らないかも。誰と仲良かったんですかね」

「私は何回か話したことあるくらいかな。……あ、これさぁ、もしかして」

キップはもずくの手元から裁縫セットを取り上げる。裏面にマジックペンで黒い丸が書いてあることに、はじめて気づく。

「これ、名前じゃない？　オーライの〇（オー）だったりして」

裁縫セットはみんな持っていたし、中身はどれもほぼ同じだったから、自分のものを判別するために名前を書いていてもおかしくない。

「えっ」

もずくは目を見開いた。

「そしたらAなんじゃないですか？　あれって、オールライトのオーライでしょ」

「そっか、そうだよね？」

これ以上、オーライくんのことを考えていてもしょうがない気がする。忘れようと思って忘れたんだったら、きっと思い出さないほうがいいんだよ。ずっといっしょに過ごしてたのにこれっぽっちも覚えてないなんて、普通だったらありえない。着ぐるみで身体を覆ってあだ名で名前を呼び合う、偽りだらけのコミュニティだったからこそあり得た現象だ。偽物(フェイクファー)の毛皮に、偽物の名前。でも、記憶は本物のはずなのに。

誰にだって秘密はある。もずくはキップが言っていた言葉を今になって反芻する。お互いに、そうしたほうがいい、と考えたのかもしれない。

それからもずくたちの話題はまた他愛のないものに戻った。

キップは自分の仕事についていろいろ教えてくれた。もずくやしぐれも知っているような企業と組んだり、着ぐるみの仕事でアメリカに行ったりもしたらしい。偽物のアンダーカバーを作らされてた経験も、今となっては大きな糧だね。もずくは思わず口にしようとして、あわてて飲みこんだ。覚えていることをなんでも口にすればいいってことでもない。

「あのさもずく、もっかいだけ着ない？　着ぐるみ」

キップは言った。

「ディバインって名前の着ぐるみ、覚えてる？　私が最初に作ったやつ。あれそろそろ処分しようと思ってるんだよね。正直、いま人様に見せられるようなクオリティじゃないし」

「処分って。ひどいなぁ」

しぐれは今も着ぐるみ相手にはデレデレだ。

「欲しけりゃあげちゃってもいいんだけど、さすがにいらないでしょ？　だから、最後にせめてもずくに着てもらって、写真に残しておこうと思うんだ」

「うーん……」

ディバインのことは明確に思い出せる。月並みな表現だけど、あの着ぐるみを着て、たしかに自分の中の世界が変わった。

「いいじゃないですか。久しぶりに。じゃあ自分、写真撮りますよ」

しぐれもキップの提案に同調している。しかし、もずくはどうしてもその気になれなかった。

「いや、やめとくよ……ごめん」

キップはそっか、と頷く。

忘れたいことだけ忘れて、覚えてたいことだけ覚えてるような俺に、思い出を残しておく権利はないと思う。これから老いてなんもなくなって、昔は楽しかったなぁ、ってしみじみ思うような、そんなことする権利なんてないと思うんだ。

もずくはそういうことを、ふたりにたどたどしく伝えた。

「ふーん。もずくがそう思うんならそれでいいよ。でもあのとき、もずくがディバインを気に入ってくれたから、私は今もこれ続けてるんだってこと、覚えといて」

「え、そうなの？」

「私はディバイン、大好きだったんだ。でも誰にも良いって思ってもらえなくてさー。だからあのとき……自分のセンスを改めて信じられた、っていうか」

お世辞は混じっているだろうが、なんとなく、清々しい気持ちになる。なら、よかったよ。

話すこともなくなって、そろそろ解散しようか、という雰囲気になる。さてと、としぐれはわざとらしく身体を伸ばす。

もう彼女たちと会うことはないだろうな。根拠はないのだが、もずくは確信した。もう、「もずく」という毛皮を着ることはない。

「先輩、もしフワフワが恋しくなったらいつでも連絡してくださいね。自分がバスキーちゃん着て、抱きしめてあげますよ。ぎゅーって」

きっと皮肉なんだろうけど、しぐれの言葉は純粋に嬉しかった。

「じゃあね、もずく」

しぐれとキップはメトロに乗って帰るらしい。もずくとは別方向だ。ふたりと別れて、彼は歩きだす。

カーマンライン

一穂ミチ

窓の外は真っ暗だった。目の前のモニターに表示されたフライトレーダーによれば今は太平洋横断の真っ最中で、飛行機のアイコンが海原にぽつんと浮かんでいる。

「落ちへんやろか」

映画を観終わったママがぼそっとつぶやいた。知らんがな、と言いそうになるのをこらえて「さあ」と答える。

「海の上やから、落ちても地上に迷惑かかれへんのちゃう。あ、でも身体とか遺留品とか、海にばら撒かれたほうが探すん大変か」

「よおそんなん、平気な顔で言うわ」

「ママが縁起の悪いこと言うからやん」

あたしが言い返すと、ママは毛布を首の下まで引っ張り上げて目を閉じ、またすぐ開けて今度は「早すぎるわ」とぼやいた。

「二十三で結婚なんか……」

「ママに似たんちゃう」

「女と男は違うでしょ」

「何でよ」

自分勝手な言い分に軽く笑い、エコノミーの狭い座席の中で脚を組み替える。前のシートの背もたれにつま先が引っかかり、シートポケットに突っ込んだ本がにゅっと飛び出て表紙の一部が覗いた。灰色がかった青い空。その下には草っ原とオートバイが描かれ、さらに下にはタイトルと作者名がある。あたしはそっと本を押し戻し「今からでも反対してみたら？」と提案した。

「無理に決まってるでしょ。……相手のお嬢さん、どんな子やろ」

「さあ」

もう一度、外の景色に目をやった。狭い窓から何とか上を見ようとした。高度一万メートルよりはるか彼方、空と宇宙の見えない境目を探して。


「ケントがこっち来るんやて」

唐突にそう聞かされたのは、十九歳、大学二年の六月だった。

「何で？」

とっさに訊き返すと、ママは面食らったように口籠もった。

「何でて……遊びにょ」

ママ自身、その答えに自信なさげで、あまり嬉しそうじゃなかった。　自分の息子なのに。

「ママ、あっちの家とまだ繋がっとったんや」

「何かあった時のために、一応ね」

「何かあったから、ケントは来んの？」

「そういうわけちゃうけど、おじいちゃんもおばあちゃんも最近病気がちらしくて、ケントのことが気がかりなんやろね。日本の家族とちゃんと交流させたい、って、えらい下手に出たメールが届いたから」

　おじいちゃんたちのことに触れる時、ママの眉尻がぴくっと上がった。あたしはちいさかったからよく覚えていないけれど、ママは今でも酔っ払ったりすると父方の祖父母への恨み言を口にする。お金のこととか、あたしをかわいがらなかったこととか。翌朝、知らん顔でけろっとしているのはたぶん演技だ。お酒の力で吐き出して覚えていない、ふりをしている。

「で、うち泊まるん？　どんくらい？」

　せいぜい一週間か十日程度の滞在を予想して気楽に尋ねると、ママは首を傾げつつ「二カ月くらいかな」と答えた。

「長いて！　そんなにおって何すんの？」

「知らんけど、せっかく日本に来るんやからいろいろ回りたいみたい」

女ふたり暮らし、五十五㎡の２ＬＤＫに、大の男が長期滞在するのは厳しい、ていうかあたしがいや。

「日本の住宅事情舐めんなよって忠告したった？　おじいちゃんちみたいに部屋が五つも六つもあるわけちゃうんやで」

「おじいちゃんちと違う」

即座に鋭い訂正が飛んできた。

「パパのお金で建てた家や」

いつものするめみたいに干からびた愚痴じゃない。ママから新鮮な怒りと悔しさを感じ、お金の恨みは怖いなと思った。口に出せば「お金の問題ちゃう」とさらに怒るだろうけれど。

「ケントって背高い？　いかつい？」

「写真の感じではええ体格やね、パパに似たんやわ」

今度は、甘い表情で目を細めるママにいらっとした。浸ってんなや。

「せや、あんたにはまだケントの写真見せてへんかったね」

ほら、と差し出されたスマホから目を背け、あたしは「お風呂沸いてるから入る」と立ち上がった。

「朝海（あさみ）」

「来んの確定なんやろ、現物を見るからええわ」

「もう」

不満げなママを無視して風呂場に行き、髪と身体を洗う間、ケントのことを考えた。五歳で離れ離れになって以来、一度も会っていないから記憶はずいぶんおぼろげだった。ケントの顔を思い出そうとしても映画で見た子役（「ルーム」とか「ものすごくうるさくて、ありえないほど近い」とか）と混ざり、はっきりしたビジュアルを描けない。そもそも、ケントについて考える機会すらまれだった。日本で暮らすあたしとママ、アメリカで暮らすケントとおじいちゃん、おばあちゃん。ジャングルの奥地や砂漠の真ん中に住んでいるわけじゃないから、会おうと思えば会えたはずなのに、あたしたちはアメリカに行かなかったし、ケントも今まで日本には来なかった。だから、このまま生き別れっぱなしの人生なんだろうなと思っていた。パパは生まれた時から「いない人」で、ケントは五歳の時「いなくなった人」、生活はママとふたりきりで大したトラブルもなく回っている。あたしは薄情なのかもしれない。ケントはこの十四年、どんな気持ちだったんだろう。

湯船に浸かる。身長百六十一センチのあたしが軽く膝を曲げて収まるサイズのバスタブ。ケントなら、膝を抱えて入る羽目になるかも。そして盛大にお湯が溢れ出す。顔も知らない兄弟が苦労するところを想像してちょっとおかしかった。

あたしの髪と目はカップの底に浅く残ったコーヒーくらいの色。顔の造作はママ似で特別彫りが深いわけじゃない、それでも全体の印象としては「日本人っぽくなくて目立つ」らしく、周囲からは陽キャだと思われがちだった。そういうふうに振る舞う時もあるけれど、実際は知らない人と話すのが苦手で、サークルにも入っていないし、バイト先は黙々と試供品の袋詰めをする工場だし、リラックスして話せる相手は、ママを除けば梢(こずえ)さんか雪花(せっか)くらいだった。梢さんはあたしより六つ年上で、小学校のスクールカウンセラーという職業柄か、傾聴って言うんだっけ？　人の話を「ただじっと聞く」のが抜群にうまい。

ケントの来日を打ち明けると、梢さんは「初耳」と驚いていた。

「お兄さんがいたなんて」

「あ、お兄さんかどうかはわからへんねん。双子やから、弟かも。どっちか忘れた」

どうせ数分やそこらの誤差だろうし、どうでもいい。

「そうなの」

珍しく、戸惑ったように頷く梢さんに軽薄な口調で問いかけた。

「もしかして勧誘しようと思ってる？　あたしと一緒の誕生日やから、ケントも〝有資格者〟やもんな」

「思うわけないでしょ」

「『アンチホープクラブ』って言うたら、めっちゃ怪しまれるかも」

「思ってないってば。朝海も余計なこと話さないほうがいいよ、久しぶりに会う兄弟に引かれたくないでしょ」

「引くかなあ」

「それより、雪花ちゃんは寂しがるかもね」

梢さんはさらりと話題をずらした。

「夏休みに入ったら、朝海ともっとたくさん遊べるって期待してたみたいだから」

「え、あたし、何も言われてへんけど」

「言わなくてもわかるじゃない」

あたしが鈍いわけじゃなく、梢さんが聡すぎるんだと思う。それでいて梢さん自身はガードが固く、なかなか本心が見えない。あたしのせかせかした関西弁と正反対のきれいな標準語でゆっくりしゃべり、激しい感情をあらわにすることはなかった。「反希望クラブ」なんて集まりを立ち上げるくらいだから、内心でいろいろこじらせているはずなのに多くを語ろうとはしない。語りたくない、でも誰かと分かち合いたいから「反希望クラブ」を始めたのかも。

「ケントくんは、アメリカのどこに住んでるの？」

「ニューハンプシャー」

「ふうん、どんなとこ？　大統領選挙の予備選が最初にある州、くらいしか印象ない」

「え、そうなん、知らんかった。冬はけっこう寒くて雪降って、その代わり夏は涼しい。住んでたのは田舎の方やったかも。スーパー行ったらメイプルシロップめっちゃ売ってる。棚全面くらいの勢いで、ばーっと」

考えてみても、その程度の浅いエピソードしか浮かんでこなかった。

「やば、全然覚えてへんわ」

「何歳までいたんだっけ？」

「五歳。日本に来てからの記憶のほうが鮮明で」

アメリカにいる間、ママは日本語を教えてくれなかったので、いきなり放り込まれた保育園で言葉がわからずいじめられた。でも、アメリカに戻りたいとは思わなかった。おじいちゃんやおばあちゃんとぎすぎすして泣くママを見るより、訳のわからない単語で囃し立てられるほうがましだった。幼少期のうっすらした思い出は、日本での必死な日々に塗りつぶされてほとんど見えなくなっている。

「五歳ならそんなもんじゃない？——あ、雪花ちゃんが来たみたい」

梢さんはインターホンの音で立ち上がり、「どうぞ」とやさしく応えてオートロックを開錠した。しばらくして玄関のドアホンが鳴る。

「私、飲み物入れてくるから、開けてあげて」

「はーい」

ドアを開けると、額に汗をかいた雪花がにこにことあたしを見上げる。この蒸し暑い中、走ってきたらしい。子どもってふしぎ。六歳上の梢さんとの間にそれほどギャップは感じないけれど、十歳下の雪花のことは、時々まったく違う生き物みたいに思える。

雪花は首から下げたメモ帳をめくり『こんにちは』と書かれたページを示す。

「うん、上がり。梢さんが飲み物用意してくれてるから」

雪花の笑顔がますますぱあっと明るくなる。レモンティーソーダをごちそうになりながら、あたしは雪花に「五歳くらいの頃の記憶って、ある？」と尋ねてみた。

雪花は迷いなくメモ帳にシャープペンを走らせる。

『保育園のおゆうぎ会で「雪の女王」やったよ』

「へえ。雪花は何の役？」

『雪のようせい、その3』

「要するにモブやな」

あたしたちのいるソファから、すこし離れたデスクでパソコンに向かっていた梢さんが「朝海」と厳しめに呼ぶ。

「冗談やん、なあ？」

モブの意味がわからず、小首を傾げる雪花の頭を撫でる。子どもの時だけの、細くてさらさらした髪が気持ちいい。ちいさな額とくすみのない白目、つやつやのほっぺ。こんな子があたしを慕ってくれているというのは、胸が詰まるように嬉しいことだった。雪花のまだ狭い世界の中に、特別善人でもやさしくもない、あたしのためのスペースがある。そのいじらしさに泣けてくるというか。

だからあたしは、梢さんがグラスを洗ってくれている間、「今度、友達がアメリカから来んねん」と嘘をついた。「双子の兄弟」より「ただの友達」のほうが関係が薄くて、雪花をしょんぼりさせずにすむんじゃないかと思ったから。同じ誕生日の片割れがいる、というのが若干後ろめたかったのもある。生まれた日は、あたしたち「反希望クラブ」にとって重要なポイントだから。雪花は一瞬顔を曇らせ、けれどすぐ『わかった』とメモに書いて頷く。十四年も会っていないケントより、雪花のほうがあたしには本当の妹みたいな存在だったので、心苦しかった。

じっとり蒸し暑い七月の晩、あたしはママと伊丹空港までケントを迎えに行った。ママは到着ロビーで落ち着きなくうろうろさまよい、ケントが成田から乗ってきた便が着陸したタイミングで「ちょっと『５５１』買ってこよかな」なんて言い出した。

「帰ったらすぐ食べられるし、パパもあれ大好きやってん。ケントも絶対気に入るわ」

「あかんて」

今にも駆け出しそうなママの腕を慌てて摑む。あたしは結局、ケントの写真をまともに見てもいないのだから。

「あたしが買ってくる」

「そんなんあかんわ、せっかくの再会やのに」

「そしたらママもおってよ。何で今言うねん」

「今思いついたんやもん」

「おかしいやろ」

小声で言い争っているうちに到着便の乗客が次々出てきて、ママは手荷物受け取り所とロビーを隔てるガラスの扉を見つめ黙り込んだ。あたしはそんなママの横顔を見ていた。やがてママがちいさく息を呑む。ママの視線の先を見る。あたしがすっぽり収まれそうなスーツケースを転がして、自動ドアの向こうから踏み出してくる長身の男の子。あたしより白い肌、薄い色の髪。淡い記憶と結びつくものは何ひとつなかった。でも、確信していた。この子がケントだ。ケントもあたしたちに気づくと片手を上げて近づいてくる。ママはほんの数メートルを、跳ねるような足取りで一気に埋めた。その一瞬でママが太平洋を飛び越えたように感じられた。呆気なくて途方もないステップ。

　ママは何も言わずケントの胸に飛び込み、ケントもあらかじめわかっていたみたいにすんなりとママを抱きしめた。ママの涙がケントの青いTシャツに染み込む。あたしはその中に入れず、ただ突っ立っていた。感動するには近すぎ、加わるにはちょっと遠い、そんな微妙な距離感だった。よかったねママ、という素直な祝福と、ママは、本当はあたしひとりじゃ足りなかったんだ、という悔しさの両方がこみ上げてくる。今まで、死んだパパの話はしょっちゅうしていたけれど、ケントについては口にしなかった。どう足掻(あが)いても会えないパパより、生き別れたままのケントを思うほうが苦しかったから、ずっと我慢していたんだ。恋しさを爆発させたような抱擁を見て、やっとそのことを理解した。

ケントはママの背中に腕を回したまま身体を軽く左右に揺らしたりして、ママの存在ごとじっくり抱きしめているようだった。それからあたしに目をやり、腕をほどく。

「アサミ?」

あたしは軽く頷く。朝海もおいで、とママに手招きされても、再会のハグには交ざらなかった。遠慮がちに頷き返しただけで触れてこようとはしないケントも、あたしと同じぎこちない戸惑いを感じているのかもしれない。

あたしとケントはレンタカーの後部座席に並んで座った。ケントは長い脚を持て余してもぞもぞ身じろぎ、これからまた狭いマンションに連れて行くのが気の毒だった。家の中でエコノミークラス症候群になったらどうしよう。

「ふたりとも、どうして黙ってるの?」

久しぶりに聞く、ママの英語。ケントが来ると決まってから、ママは辞書を引っ張り出したり、英語のYouTubeを見たり、ブランクを取り戻すべくリハビリに励んでいた。あたしは面倒だったので特に何もしなかった。

「せっかく会えたんだから、何かしゃべりなさいよ」

「無茶振りせんといてよ」

日本語で抗議すると、ケントはふしぎそうにあたしを見た。無茶振り、って英語で何て訳すんだろ？　思いつかず「急に言われても困る」と言い直した。

「そうだね」

今度はほっとしたようにケントが同意する。

日本、暑いでしょ。

うん、聞いてたけど驚いた。湿度のせいか息苦しい。

大学では何の勉強をしてるの？

法律。アサミは？

一応、経済。

一応？

熱心じゃないから。

それなら、僕も。

当たり障りのない世間話で一時間ちょっとの道のりを埋める。バスマットくらいの面積しかない玄関にケントのスニーカーが並ぶと、存在感がすごかった。ボウリングのピンが転がっているみたいで大きさにぎょっとする。

ママが作っておいたカレーを食べ（ケントは二回お代わりをした）、ケント、ママ、あたしの順でお風呂に入ったらもう深夜で、あたしがお風呂から上がるとママはもう部屋に引っ込んでしまっていた。興奮して、いつもよりお酒を飲んだせいだと思う。リビングのローテーブルを一時撤去して空けたスペースにマットレスを敷いて、質素な客用の寝床をこしらえていた。ケントはその真ん中に座り込み、店先で待機させられた犬のような目であたしを見上げる。

「ママ、もう寝ちゃった？」

「うん。ちょっとふらついてたし。毎晩こんなに酔っ払うの？」

「きょうはケントが来たから特別。飛行機、疲れたでしょ。寝なよ。洗濯機とかの使い方はあした教えるね」

「うん」

あたしもさっさと部屋に戻り、ドライヤーをかけた。さっぱり洗い流したばかりの肌が、温風ですぐに汗ばんでくる。いつもさぼってしまうナイトブラを久々につけたせいで暑苦しい。男の子が家にいるって、何かと気詰まりだ。体積も肉体の密度も、女とは全然違う。一挙手一投足で周りの空気が動くのが伝わってきて息苦しい。外やお店で会う時、あるいはホテルや男の子の家で一緒にいる時はそんなふうに思わなかったのに、まだ緊張しているのかもしれない。

髪を乾かし、ペディキュアを塗り直したくなってリムーバーを探しているとノックの音が聞こえた。

「アサミ、まだ起きてる？」

「うん、どうしたの？」

「ちょっと話せるかな」

　別にいやじゃないけど、めんどくさいと思った。積もる話ならあす以降にしてくれたらいいのに。でも邪険にはできないので「いいよ」とリビングのソファに座った。

「ママから、僕のこと聞いてる？　どうして会いに来なかったのかとか」

「おじいちゃんたちが反対してたんでしょ？」

「うん。反対というか……」

　ケントは言いにくそうに語り始めた。

「ママとアサミは日本に帰って、新しいパパと再婚したって聞かされてた。だから、僕はもう邪魔だから関わっちゃいけないって」

「へえ」

　あたしは笑ってしまった。おじいちゃんとおばあちゃんの顔は、ケントより鮮明に覚えている。おじいちゃんのふさふさのもみあげ、おばあちゃんの青い目。それはたぶん、あの人たちがあたしやママを嫌いだったから。漠然とした好意より、明確な嫌悪のほうがずっと記憶に残る。

「むかつかないの？　ママはすごく怒ってた」

「うーん、あたしは別に。言いそうって納得した」

「そう……」

ケントが申し訳なさげに目を伏せる。かすかに上向きにカールしている茶色いまつげを見た瞬間、昔のことがよみがえってきた。おじいちゃんたちはケントを猫かわいがりして、あたしたちが喧嘩やいたずらをしでかした時、いつもあたしだけを叱った。ぶったり怒鳴られたりということはなく、「いやな子」とか「まったく……」と吐き捨てられる程度だけれど、ケントはそのたびしゅんと俯き、あたしよりずっと落ち込んでいた。ああ、本当にこの子はケントなんだ。あたしは確かに、この子と暮らしていたんだ。ぶちぶち切れていた回路が繋がり、ちかっとちいさな火花を放った感覚があった。そんなあたしの変化に気づかずケントは続ける。

「おじいちゃんたちは、ママにもアサミにも申し訳ないことをしたって反省してる。許してくれとは言えないけど、ふたりの謝罪を受け容れてもらえないだろうか」

ずるい、と思った。自分たちは指一本動かさず、孫息子に懺悔(ざんげ)を託して楽になろうだなんて。でも腹を立てるほど彼らに思い入れがないので「いいよ」とあっさり答えた。

「いいの？　本当に？」

「どうでもいいって感じ。怒るべきなのはケントじゃない？　ずっと騙されてたんだから」

「そうだね、すごくむかついたよ。でも怒りきれないよね。かわいそうっていう気持ちが根っこにある」

「やさしいね」

「哀れみが僕のOSに組み込まれて削除できないんだと思う。物心ついた時からずっと『気の毒な人たち』なんだから。僕は彼らの悲しみや無念に配慮しなきゃいけないって刷り込まれてしまってる」

それが「やさしい」ってことなんじゃないの、と思ったけれど、言わずにおいた。

「今も三人であの家に住んでるの？」

「いや、あの家は賃貸に出して、もうちょっと狭い家に引っ越したよ。十年近く前かな。三人で住むには広すぎて」

「何のために買ったんだかわかんない」

ほんとそれ、とケントは肩を竦めた。ザ・アメリカ人って感じの、板についた仕草だった。

あたしたちのパパは、消防士だった。二〇〇一年九月十一日、あたしとケントが生まれた日に死んだ。おじいちゃんとおばあちゃんは、双子の新生児を抱えて途方に暮れていたママに「一緒に暮らそう」と言った。ママはその申し出をありがたく受け入れ、パパの補償金でニューハンプシャーに大きな家を買った。パパの故郷で、パパに代わって親孝行をするのが正しい選択だと、その当時は疑わなかったらしい。

——それに、ニューヨークにおるんも疲れてもうた。

とのちにママは語った。

——税金で支払われる補償金を日本人が受け取るなんて、って面と向かって言われたこともあったし、同じ立場の奥さんたちとも合わへんなって思う時があって。補償金って、その人が死なへんかった時の生涯年収を基に計算すんねん。せやから、人命救助で命を落とした消防士と、ワールドトレードセンターで働いてたエリート金融マンやったら、後者のほうが金額は上。それがおかしいって怒ってる人らに、どうしても同調できへんかった。抗議する気持ちはわかるし、自分が満足してるからでもなくて、何やろ、「それを言っちゃあおしまいよ」みたいな。それ言うたらしまいやん。でも、英語で何て言うんやろ？　て。ニュアンスが難しいやん。それを伝えるために努力するだけのエネルギーがもう残ってなかったから、逃げることにした。

同じ喪失、同じ痛みは共通言語になり得るけれど、すべてが通じ合えるわけじゃない。おじいちゃんたちはきっと、ママからお金をふんだくるつもりなんかなくて、息子を失った痛みと夫を失った痛みをそっと重ねて寄り添いたかっただけだと思う。

でも、いざ生活を共にすると、日本人のママとの結婚をそもそも快く思っていなかった過去や、ママに似たあたしをケントと平等に愛せない現実がざらざらと心を削り、我慢できなくなった。心身がへたっている時に重大な決断（特に人間関係）をするべきじゃない。ママは傷心を深め、あたしだけを連れて日本に戻った。

やるせな。あたしはソファに仰向けで寝転がった。

「アサミ、電気消そうか」

「いいよ、寝る時は部屋に行くから」

「今も真っ暗じゃないと眠れない？」

「うん。よく覚えてるね」

「今、アサミが横になったの見て、急に思い出した」

ケントの回路もつながり始めたみたい。

「僕がおじいちゃんにねだって、星のシールを買ってもらった時のこと覚えてる？暗闇で光るやつ」

「ああ、あったね」

ケントはおじいちゃんに抱き上げてもらい、星座の本を見ながら夢中で部屋の天井にシールを貼っていた。

「アサミの部屋にも貼ってあげようと思ったのに、『暗くないと眠れないからやだ』

って断られて、僕はショックで泣いた」

「そうそう、それでまたおばあちゃんに嫌味言われたんだった」

「ごめん」

「いいよ。そんなに傷ついたの？」

「アサミは僕と違う人間なんだっていうことをはっきり思い知らされたというか……ママは僕たちをワンセットで扱ってただろ？　僕は、暗い部屋に星が輝いてたら怖くないと思ったのに、アサミは正反対で、悲しくなったんだと思う」

そう、ケントは繊細な子だった。あたしは、ケントの思い出話とは違う記憶を掘り起こしていた。ケントが天井ばかりにシールを貼りまくっていたので、もうちょっと低い場所にもあったらバランスがいいのにと考え、枕元の壁にぺたっとひとつ貼った。するとケントが怒った。

――やめて。そこは宇宙じゃないから、星はないんだよ。

――え？

――そこは、ただの空。

あたしはケントの主張が全然理解できなかった。

――どこが宇宙？

――ここ。

ケントは天井のあたりを指でぐるっと指し示した。

――ここが六十二・一マイル。

「――カーマンライン」

天井を見上げたままぼそっとつぶやくと、ケントが「なに？」と近づいてくる。

「思い出したの。カーマンライン、昔、教えてくれたでしょ」

海抜高度百㎞、その先が宇宙。ケントはそう言った。

「ああ、そうだったかも」

その後は、あたしが「空に線なんかない」と否定してもケントは「見えないけどあるもん」と譲らず、口論になってあたしだけ叱責されるといういつものオチ。

「ケントは、星とか宇宙が好きだったよね」

「おばあちゃんと仲良くしてたマシューーさんが中学校で理科を教えてたから、その影響だと思う。今はそんなに好きじゃない」

「ふうん。思い出すエピソードがちょっとずれてるのが面白いね」

「うん」

顔だけ動かしてケントを見ると、目が合った。あたしともママとも似ていない、ボートを逆さにしたような形の目。

「久しぶりに、プラネタリウムに行きたくなった」

ケントが言った。

「近くにあるかな。案内してくれる？」

「あしたは暇だからいいけど、英語の解説なんてないと思うよ」

「それでもいい。ありがとう」

適当なところで部屋に引き上げるつもりが、ケントへの身構えが取れてリラックスしたせいか、あたしはあっという間に眠ってしまった。明るい場所では寝られないはずなのに、まぶたの裏のまぶしさをものともせず熟睡し、カメラのシャッター音で目を覚ました。ママがあたしたちにスマホを向けているところだった。

「ちょっと何なん、やめてよ」

「えー、かわいかってんもん。寝相がそっくり、さすが双子やなあ」

消してよ、ええやん、という小競り合いの最中にケントが起き出したので、盗撮の件はうやむやにされてしまった。むかつく。

「おはようケント、きょうはどこかに出かけるの？」

「アサミとプラネタリウムに行ってくる。ママも行こうよ」

「ごめんね、仕事があるの」

ホテルで働くママにとって、夏は繁忙期だ。あたしが小学生の頃まではだいぶシフトを融通してもらったという恩を感じているため、ケントのために特別な休みは取らなかったらしい。ケントは不満かもしれないけれど、あたしはママのそういう義理堅いところ、嫌いじゃない。ゆうべのカレーをリメイクしたカレーうどんはケントに好評だった。ママが生卵を落とすのを見て「まじで？」と目を丸くしていたのがおかしかった。

のっぺりとした曇り空が広がる中、大阪市立科学館へ出かけてプラネタリウムを観た。小中学校の夏休みにはまだ早いから、けっこう空いていた。終始あくびを連発するあたしとは対照的に、ケントは真剣に見入っていた。そして投影が終わってホールから出ると「アサミが退屈そうで集中できなかった」と文句を言う。

「寝たの遅かったから」

「昔もそうだった。ママが自然史博物館のプラネタリウムに連れてってくれた時も、ずっと小声で『まだ？』って文句言ってた」

「ああ……あそこ偽物ばっかで、動物園のほうが楽しいのにって不満だったの」

「剝製」という英語がわからなくて「フェイク」と言った。それともレプリカ？　イミテーション？　通じてるみたいだから、まあいいか。動物園がいい、セントラルパークでリスを探したい、そう訴えてもママはケントの希望ばかり聞き、あたしはむくれていた。

「ママは日本に帰る直前だったんだよ」

　ケントは静かに言った。

「だから、僕のリクエストを優先してくれたんだ。何も言われてなかったけど、ママが家を出るつもりなのは薄々気づいてた。アサミも一緒に行っちゃうことも。泣いたら最後のお出かけが台無しになるから僕は必死で我慢してたのに、アサミは全然気づいてなかった」

「……ごめん」

　ばつが悪くなって謝ると、「いいんだ」とケントがかぶりを振る。

「アサミに打ち明けたい気持ちもあったけど、僕の心細さなんかお構いなしにふくれっつらをする君に、救われてもいた。ふたりでめそめそしてたらもっとつらかったと思う。僕たちが違う人間で、別々の魂を持っているのは悲しむことじゃないって気づいた。……行こう」

　科学館の展示場へ続くエスカレーターを指差した。

「きょうは思いっきり楽しいお出かけにしよう」

　その言葉どおり、あたしたちは学芸員のサイエンスショーに拍手を送り、ペダルを漕ぎまくって電気を起こし、館内にいるどの子どもより全力で科学館を満喫した。土佐堀川沿いのカフェでお昼を食べる頃には雲間から光が射し、濁った緑色の川面をそれなりに美しく輝かせていた。

「ここは、二本の川に挟まれてるんだね」

ジンジャーレモネードを飲みながらケントが言った。

「そう。目の前のがトサボリリバー、北側にはドウジマリバー。ここはナカノシマ。セントラルアイランドって意味」

「ちょっとマンハッタンみたいだ」

「規模が違いすぎるよ」

じゃあ大阪はニューヨーク？　ニューヨーカーが聞いたら怒りそう。

「パパも同じことを思ったのかな」

「どうかな。ママからは聞いたことない」

パパは高校時代、一カ月の短期留学プログラムで大阪の姉妹校に来て、ママと恋に落ちた。ママは、パパをひと目見た瞬間、アメリカ行きの選抜に漏れたことを神さまに感謝したのだという。パパがアメリカに戻ってからは文通で思いを伝え合い、高校を卒業すると今度はママがアメリカの大学に進んでパパを追いかけた。州をふたつみっつまたいだ遠距離恋愛は、Ｅメールが普及し始めたのもあり、太平洋越しに比べれば「楽勝やった」らしい。ふたりはほかの異性に目もくれず、大学を卒業してすぐ結婚し、二年後にあたしたちが生まれ、パパは死んだ。ひと目惚れの情熱を冷ますことなく結婚まで漕ぎ着けたミラクルと、愛する人をテロで失う不幸なら、どっちがレアなんだろう。パパも中之島に来たのかな。キタやミナミでママとデートしたのかな。ケントといると、パパのエピソードを知りたいと素直に思えた。

「パパの顔、知らないの」

あたしは言った。

「そりゃそうだよ。僕だって」

「そうじゃなくて、写真もほとんど見たことない。ママにアルバム見せられても逃げ出してた。だって、死んだ人の写真って怖くない？」

「お化けが、ってこと？」

「オカルトじゃない。こんなに確かに存在したのに、今はもう影も形もこの世にないんだって実感するのが怖いの。教科書の顔写真とか、自分と関係ない人間は平気なんだけど」

アメリカの家には、リビングや壁の至るところにパパの古い写真が飾られていたけれど、あたしは極力焦点を合わせないようにしていた。ケントの顔をはっきり覚えていないのはそのせいもあるのかも。

ケントは頬づえをつき、空になったフォーの器を見下ろして黙り込んだ。あ、引かれたかも。薄情だ、子どもっぽいって思われたかも。後悔で動悸が速くなる。言わなきゃよかった。デザートにクレープも頼むつもりだったのに、胸がつかえて食べられそうにない。今からでも冗談にできる？　焦るあたしに、ケントは言った。

「I feel you（わかるよ）」と。

「……ほんと？」

「同意見って意味じゃないけど、うん、わかるよ。不在のほうが存在より重くて、つらい時が僕にもあった。パパは英雄で、僕は英雄の息子で、何度も取材されたし、周りの目もあったし、頼んでもいないサプライズでＮＦＬやＮＢＡのトップ選手がサインをくれたりした。素直に感激できない自分がいやだったよ。誕生日にはアメリカを離れて、９１１のニュースを一秒も見ないですむ土地で過ごしたいって思うことがある」

　言葉の苦労もなく、広い家でおじいちゃんおばあちゃんに愛されて育ったケントは、あたしより恵まれていると心のどこかで決めつけていた。自分の浅はかさが恥ずかしくなり、下を向いて口をつぐんでいると、ケントがやさしく「どうしたの」と尋ねる。

「悲しくなった？」

「ううん」

「僕の言ってること、的外れだった？」

「そうじゃないの」

「クレープを半分ずつ食べる?」

「うん」

テーブルの向こうで、ケントが笑う気配がする。

「じゃあ、メニューを教えてよ。僕には読めないから」

あたしは顔を上げ、レジカウンターの天井からぶら下がる黒板の文字を読み上げた。

「塩バターキャラメルソース&バナナ、自家製バター&はちみつ、レモンクリームソース&シトラスフルーツ」

「これは難しい」

ケントは真顔で唸る。

「OK、でも大丈夫、僕らは双子だ。こんな時にはきっとシンクロできる。希望は決まった? 行くよ、3、2、1、GO」

あたしたちは同時に申告した。

「レモンクリーム」とあたし。

「自家製バター」とケント。

顔を見合わせ、一瞬沈黙し、次の瞬間ふたりで爆笑した。

「こんな暑い日はレモンクリームに決まってるじゃない、センスないよ」

「そっちこそ。栄養補給ならバターとはちみつがベストだ」

ひとしきり言い合ってから、それぞれを頼んで半分ずつ交換した。どっちもおいしかった。甲乙つけがたい、って英語で何て言うのかな。


あたしたちはいろんなところに出かけた。ママが休みの日には三人で京都や奈良にも足を延ばし、焼肉や回転寿司やラーメンをたらふく食べ、猛暑にも夕立にも負けなかった。ケントのお気に入りは、やよい軒のチキン南蛮としょうが焼。

七月の終わり、「あしたから試験だから、大学に行ってくるね」とケントに告げると驚かれた。

「とっくに終わったと思ってた。だってアサミ、ちっとも勉強してなかったじゃないか。僕につき合ってる場合じゃない」

「レポートですむのはやってたよ。講義はきっちり出てるし、ノートの確保もしてるから平気」

ケントはそれでも心配そうだったけれど、二年生の前期試験なんて、もし落としても余裕でリカバーできる。あたしは一夜漬けを繰り返して数日間の試験に挑んだ。

最終日、すべてから解放されてキャンパスの正門に向かうと、ケントが立っていた。何の約束も連絡もしていなかったのに。

「どうしたの？」

「迎えに来た。場所はママに訊いた」

「いつからいたの？」

「一時間くらい前」

「電話してよ」

得意げなケントに対し、あたしはつい注意するような口調になってしまう。

「電話したらサプライズにならないじゃないか」

「だって入れ違ってたらどうするの。こんなところに長時間いたら暑さで倒れるよ」

「でも会えたからいいだろ。せっかくだからこの辺案内してほしいな。コウベに行ってみたい」

「もう」

とりあえず木陰に移動し、バッグに常備している水のペットボトルを渡して水分補給をさせていると、背後から「お、朝海やん」と声をかけられた。馴れ馴れしい声色だった。

「めっちゃ久しぶり」

何度かふたりで遊んだ、同学年の男の子だった。最近はしつこさにうんざりして連絡を全スルーし、距離を置いていたのに、向こうはいそいそと近寄ってくる。何でこのタイミングで、と舌打ちが出そうだった。

「なあ、またどっか行こや。淀川の花火は?」

「忙しいから」

あたしのそっけない答えにむっと唇を歪ませ、けれどすぐにへつらうような笑顔をケントに向けた。ケントは無反応で水を飲んでいる。

「彼氏?　本命?」

「ちゃうし」

「ナンパされとったん?」

「ちゃうって。関係ないやろ」

「え、もしかして外人とおるからイキってんの?　激イタやん」

「は?　うっさい」

立ち去ってくれそうにないので、「行こう」とケントを促した。ケントは黙って大股に何歩か歩くと、いきなり振り返って空のペットボトルを投げつけるふりをした。まだあたしを見ていた男が、びくっと両腕で頭を庇う。そのオーバーリアクションを鼻で笑い、今度はケントがあたしに「行くよ」と告げた。

「何言ってるかわかったの?」

声をひそめて尋ねると「全然」と返ってきた。

「でも、不愉快なこと言われてる時って、わかるだろ」

「うん」

あたしにも心当たりがある。日本に来て半年くらいは「悪口のニュアンス」だけが伝わってきてものすごくストレスだった。お互いほぼ無言で駅まで歩き、当然三宮で遊ぶようなテンションでもなかったので家に向かう電車に乗った。試験明けのはつらつとした大学生に囲まれ、気まずい空気を払拭できないままロングシートに腰を下ろす。とりあえずさっきのあいつ、ＬＩＮＥブロックしとこ。黙ってスマホを弄っていると、ケントが先に口を開いた。

「彼は、アサミのボーイフレンド？」

「まさか」

「でも、ただの友達じゃないよね」

そんなことない、向こうが勝手にのぼせてつきまとってるだけ。そうごまかすこともできたかもしれない。でもあたしは正直に答えた。

「何度か寝た。けど、恋愛感情はない」

「どうして好きでもない男と寝るの？」

「楽だから。あたし、他人と話すの、緊張するから嫌い。男の子はセックスさえしとけば余計な会話がいらないから楽で好き」

「……信じられない」

呆れ顔でこぼすケントにあたしは「だって」と食い下がる。みっともなくてもいい、言い訳を聞いてほしかった。ケントに嘘をつきたくない、軽蔑されたくない。あなたがアメリカで孤独を感じていたように、あたしだって日本で寂しく、心細かったのだと知ってほしい。

「日本語も英語も自信がないから、いつもびくびくしてる。わかるでしょ？　あたしの英語、すごく拙い。五歳からそんなに成長してないって自分でも思う。まじめに勉強してこなかったから文法も怪しいし、ボキャブラリーも貧しい」

ケントが、あたしのレベルに合わせて易しい英語で話してくれているのはわかっていた。本当はもっと伝えたい気持ちがあるのに、もどかしい思いをさせているかもしれない。

「でも、日本語は大丈夫だろ？」

「それが自分でわからないから怖いの。生まれてからの五年間、日本語にいっさい触れてこなかったハンデを絶対に克服できないっていうコンプレックスが消えない。あたしみたいなのを『ダブル・リミテッド』って言うんだって。バイリンガルになり損ねて、どっちも中途半端」

なのに、五歳までアメリカにいたと言えば「ほな英語ペラペラやね」と言われるし、五歳からはずっと日本だと言えば「ほな日本語はばっちりやね」と言われる。あたしの頭が悪いだけかもしれないけれど、そんな簡単じゃないのに。

あたしは、ケントの言葉を待った。ケントがまた「I feel you」と言ってくれるんじゃないかって、期待した。でもケントはそれっきり、家に着いてもひと言も発さず、あたしも話しかける勇気が出なかった。どうしてだろう、ついこの間まで夢みたいに楽しかったのに、呆気なく覚めてしまった気分。あいつがウザ絡みしてくるから。そもそもケントがいきなり迎えに来たりするから。ていうか、誰とどんな関係になろうがあたしの勝手やんか。頭の中に次々浮かぶ文句は日本語だから、やっぱりあたしは日本人みたい。


翌朝、リビングにケントの姿がなかった。でかいスーツケースはそのままだけれど、バックパックとスニーカーも見当たらない。まだ寝ているママを起こして「ねえ、ケントは？」と訊くと、ママは寝ぼけ眼で「ひとり旅やて」と答えた。

「しばらく、あちこちぶらぶらしてくるって。あんた、何も聞いてへんの？」

黙っていたら「きょうだい喧嘩か」とにやにやしながら言われて腹が立った。そんなんじゃ、ない。じゃあ何だったんだろう。きのうの不協和音、噛み合わない感じは。あたしは行き先や日程についてそれ以上詮索せず、知らんふりで過ごした。でも玄関にぽっかり空いたスペースや、折り畳まれたマットレスや、シールだらけのスーツケースが目に入るたびケントのことを考えた。「不在のほうが存在より重い」というケントの言葉と共に。たどたどしい箸使いも、あたしの倍くらいある歩幅も、うなじにぺろんとはみ出したTシャツのタグも、ケントがいる時よりずっと鮮やかに浮かんだ。

一週間ほど経って、ケントから絵はがきが届いた。鮭をくわえた熊のかわいいイラストで、裏返すと細かい文字が綴られている。ああ、こんな字を書くんだ。またひとつこの子を知ってしまった。あたしは集合ポストの前で、扉も閉めず貪るように読んだ。名古屋、東京、仙台、と北上して、今は函館にいること。どこも楽しかったけれど北海道の涼しさは格別でママに移住を勧めたいこと、これから札幌を回り、このはがきが着く頃にはそちらに戻ること。末尾は「I miss U」で結ばれていた。

今すぐケントを迎えに飛び出していきたいのに、なぜかへなへなと力が抜けてその場にしゃがみ込んでしまった。じーじーけたたましい蟬の鳴き声が、無数のつぶてになって丸めた背中を撃つ。励ますように、責めるように。

その晩はずっとそわそわしていたけれど、ケントは帰ってこなかった。はがきは、机の引き出しの底にしまった。早朝から昼過ぎまでバイトに入ってまっすぐ帰宅すると、玄関に十一インチのスニーカーが揃えられていた。乾燥機がごうんごうんと唸っている。リビングでケントが寝ていた。疲れていたのか、マットレスも敷かずフローリングに大の字で。あたしはそっとしゃがみ込み、すこし陽に焼けた顔や無精ひげを観察する。床にはバックパックや紙袋も散乱して事件現場みたいだった。だいぶ読み込んだ形跡のある本が目に入り、気になって手に取ると、ケントがすっと目を開けた。

「アサミ」

「うん」

痛いほど心臓が鳴っているのに、声は冷静だった。

「ひとり旅、楽しかった？」

「すごく。ポストカード、届いた？」

「うん」

「よかった」

寝転がったまま軽く頷くケントに、もうぎくしゃくした気配は感じなかった。それでいて、ぎくしゃくする前のあたしたちとも、どこか違う気がする。あたしは持ったままだった本に視線を移した。草むらに乗り捨てられたようなバイクの絵と、「The Hotel New Hampshire」というタイトル。作者はJohn Irving……うっすら聞き覚えがある、かも。

「ケントの本？」

「そう」

「ホテル・ニューハンプシャー……どんな話？」

タイトルから想像したのはホテルを舞台にしたミステリーかヒューマンドラマだけど、全然違っていた。

「ある一家を軸にして、いろんな要素を含んでる。恋愛、家族愛、テロ、いじめ、マイノリティ、それから熊も」

「熊？」

「そう」

「見当もつかないけど、新聞と週刊誌の中身を全部混ぜたみたいね」

もっとご当地色の濃い内容なら読んでみたかったのに。

「ケントはこの本好きなの？」

「うん。アサミも読むといい。僕はもう何度も読んでるからあげるよ」

「え、いいよ。読み切る自信ないもん」

「そんなこと言うなよ。……よし」

　ケントは手を使わずにぐわっと起き上がる。

「こうしよう。僕はアサミにこれを贈る。アサミはこれから本屋に行って、これの日本語版を僕に贈る。有名な作家だから、きっと翻訳されてる」

「で？」

「お互いに、頑張って読む」

「無理でしょ」

　あたしは断言した。「だってケント、日本語全然わかんないでしょ」

「うん、だから頑張る」

　そんなことして何になるの、というあたしの問いは、夏の光にきらめくケントの瞳に吸い込まれて消えてしまう。メイプルシロップの色だ、おいしそう。こんな輝きを以前にも見た気がするのに思い出せない。

「僕が日本語にノータッチなのは不公平だからね。英語に合わせて当然っていうえらそうな気持ちがあったのは否定できない。アサミの苦労を、すこしだけ体験できると思う」

「気にしなくていいよ」

「駄目だ」

穏やかに、だけどきっぱりとケントが言った。

「僕の英語能力を百とするなら、日本語はゼロ。アサミは、英語が五十で日本語も五十。いや、三十と七十くらい？　合計はどっちも百で同じだよ。僕が何を言ってもコンプレックスは拭えないかもしれないけど、自分を大切にしてほしい。お願いだ」

あたしと同じ日に、同じママから生まれた男の子。ケントがあたしのために生まれてきてくれたような幸福感に、両腕で自分の身体をぎゅっと抱いた。

「寒い？　エアコン効かせすぎた？」

「ううん、何でもない」

「じゃ、本屋に行こう。そろそろ乾燥も終わるから」

梅田の紀伊國屋書店に行くと、「ホテル・ニューハンプシャー」の日本語版がちゃんとあった。新潮文庫の上下巻で、けっこうなボリュームだ。活字もちいさいし、日本語初心者が本当にこれを読破するつもりなのか半信半疑だったけれど、ケントは嬉しそうに受け取っていた。

「こっちの表紙もいいね、ホテルの絵だ。アサミにも新品を買おうか。ペーパーバックのコーナーはあるかな」

「ケントのでいいよ」

「遠慮しないで」

「ケントのがいいの」

ケントはすっと唇を引き結び、すぐに「ＯＫ」と明るく笑った。

「じゃあ、代わりのものを買ってあげる。双子らしいことをしよう」

「何それ」

「靴が欲しい。いま履いてるスニーカーを洗いたいんだけど、替えがない。だから、お揃いの靴を買おう」

グランフロントのビルケンシュトックで、七千円くらいのサンダルを買ってもらった。すごく軽くて歩きやすい。色は、ふたりとも真っ白。ケントが「このまま帰る」と聞かないので、履いてきた靴を靴箱に入れて持ち帰ることになった。店員のお姉さんは、紙袋を手渡しながらあたしにそっとささやいた。

「彼氏さんとお揃いなんてすてきですね。この夏、これ履いてじゃんじゃんデートしてくださいね」

あたしは何も言わず曖昧に笑い返すと、羽根のように軽いお揃いのサンダルで並んで歩いた。あたしは大股に、ケントは歩幅を狭めて。歩調の合わせ方を、いつの間にかお互いに心得ている。

「お揃いなら、爪の色も合わせないとね。帰ったらネイル塗ってあげる」

「思いっきりファンキーにしてくれ」

梅田をぶらぶらすると、HEPの赤い観覧車が西日をまともに浴び、ゴンドラのガラス面がまばゆく光っていた。

「ねえ、あれ」とあたしは観覧車を指差す。「すごいね」とケントが目を細めて応える。

「星を運んで回ってるみたいだ」

その時のケントの横顔、高く尖った鼻や夏の光に透けるまつげ、生成りの色の唇、そんなものをひとつ残らず覚えておきたい。でも、ケントがいなくなったら、この記憶も不在の一部としてあたしに重くのしかかるんだろうか。

雪花にケントを紹介しようと思ったのには、いくつかの理由があった。雪花とも遊びたかったたし、ケントに「反希望クラブ」を知ってもらいたかったたし――ケントとふたりきりの時間を重ねるのは、それが楽しければ楽しいほど、怖かった。

「年下の友達に会いに行くんだけど、彼女も遊びに誘っていい？」と打診すると、ケントは快諾してくれた。

「その子はしゃべれないの。家族のことで精神的にいろいろあったらしくて。詳しくはあたしも知らないけど、筆談で会話はできるし、おとなしくてかわいい子だよ」

「アサミは、どうやってその子と知り合ったの？」

あたしは緊張を悟られないよう、できるだけさらっと答えた。

「共通の知人がいて、彼女が立ち上げたサークルの仲間みたいなもの」

「サークル？」

「そう。『アンチホープクラブ』って呼んでる」

案の定、ケントは怪訝な表情になる。待って、引かないで。

「同じような境遇の人間が集まっておしゃべりしてるだけなの。たとえばあたしとか、大きな災害の日に生まれちゃった子がね。自分で誕生日を選んだわけじゃないのに、やたらドラマチックに受け止められたり、何かを背負わされたり……」

雪花は二〇一一年の三月十一日に、梢さんは一九九五年の一月十七日に生まれた。被災した経験や記憶がなくても、その日付はふたりの人生に大きな影響を与えている。

「ケントも前に言ってたでしょ、『英雄の息子』って」

「うん」

「そういうのが疲れるよねって愚痴るだけのサークル。不健全かもしれないけど、あたしはすごく楽なの。家でも学校でもない居場所って貴重だから」

「I see（なるほど）」

言いたいことはわかるかな、そんな反応だった。ちょっと物足りないけど、まあいいや。あたしは安堵し、自問する。もしも、ケントがずっと隣にいたら「反希望クラブ」を必要としなかったのかな。それはちょっと残念かも。

「パパの最後のメール、知ってる？」

あたしは尋ねた。

「うん。日本に来る前、ママが転送してくれた」

あたしたちが生まれた朝、パパがママに送ってきたメール。パパはあたしたちのことを「僕の希望」と呼んでいた。数時間後に命を落とすなんて知りもせず。かわいそうなパパ。

「ママがその話ばっかり持ち出すから、うんざりして大喧嘩したこともある。今は、自分がやさしくなかったって反省してるけど」

「一緒に暮らしてると、いい顔ばかり見せられないからね」

「うん」

ずっと隣にいたら、こんなあたしたちじゃなかったかもしれない。パパの死という出来事が台風の目になり、その周りにいくつものｉｆが渦巻いている。でも、誰だって生きられる現実はひとつしかない。

雪花を誘うと、ためらいはしたものの頷いてくれたから、梅田でケントと合流して海遊館に行った。雪花は見るからに緊張していたけれど、ケントが積極的に話しかけたおかげか、徐々に表情がほころんでいった。

海遊館の、巨大な水槽の前に立っている時だった。雪花はトイレに行き、あたしたちはぶ厚いアクリルに張りついて「また回転寿司に行こうよ」と相談していた。

「うにと大トロはまじでやばい。うますぎる。でもワサビはいらない」

「ワサビ抜きなんてどうかしてる。あたしは、いくら、玉子、数の子のローテーションで三周はしたい」

「全部卵じゃないか」

くだらない会話をする人間の目の前を、エイが悠然と横切る。青いグラデーションの中、天敵がいないちいさすぎる海で魚たちはのんびり寛いで見えた。

「お母さん、この氷、全然つめたない」

あたしの隣にいた男の子が、アクリルを指で叩いてふしぎそうに尋ねていた。三、四歳くらいだろうか、かわいい。あたしがくすっと笑うと、ケントが「何て言ってる？」と耳打ちしてきた。

「水槽が氷でできてると思ってるみたい」

「かわいいね」

「うん」

ケントの顔が、すぐ傍にある。薄暗い館内で、水槽のたたえるほの青い明かりが頬を照らし、ひんやりと澄んで見えた。あ、この光景、知ってる。雪の朝だ。あたしの心は、一瞬で記憶の中へと吸い込まれた。

――アサミ、起きて。

早朝、部屋に忍び込んできたケントがあたしを揺り起こし「こっそり遊びに行こう」と誘った。寒いから気が進まなかったけれど、あんまりしつこいのでクローゼットの適当な服を重ね着し、しぶしぶ庭に出た。外は一面の雪景色で、まだ誰の足跡もついていないまっさらな世界にあたしの不機嫌は一瞬で吹っ飛んだ。雪が当たり前の地域でも、静まり返ったその眺めは特別だった。

――雪だるま作って、ママに見せよう。

――それより、もっといいことがあるよ。

ケントは家の中に引き返し、しばらくして湯気の立つミルクパンを手に戻ってきた。甘い匂いが漂う。メイプルシロップだ。

――マシューさんが言ってた。汚れてない雪にこれをかけて食べるとおいしいんだって。

――ほんと？

――うん。アサミ、雪をぎゅっとして。

やわらかな新雪を手で圧し固めると、その上でケントが鍋を傾ける。飴色の液体が真っ白な雪にとろっと滴り、湯気は一瞬で消えた。おそるおそる指ですくうと、溶けかけのキャラメルみたいにねばっとしたけれど構わず口に入れる。

――おいしい！

しゃりしゃりとつめたく、甘く、体温で溶ける。絶品だった。あたしたちは口元も手もべたべたにしながら、夢中で雪のお菓子を食べた。「おいしいね」と顔を寄せて何度もささやき合った。束の間の秘密の時間、世界にはあたしたちだけで、世界はあたしたちのものだった。あたしたちはあの朝、世界を半分こにして食べていた。

ついさっきまでお寿司のことを考えていたのに、口の中が甘くなる。あれ、大阪じゃ一生食べられないんだろうな。ケントの唇がむずっと動いた。ケントもメイプルシロップの味を反芻している。ふたりきりの、雪の朝の記憶を同時に。

ねえ、まったく同じことを思い出すのって初めてじゃない？

言葉の代わりに手を伸ばした。ケントの手も伸びてきて、あたしたちはそっと指を絡めた。ごく軽く、雨の一滴でも落ちてくれれば離れてしまう程度の頼りなさで。雪に吸い込まれたように周囲の音が消え、人間も消え、青い世界に佇むあたしたちの周りを、回転寿司屋にいない魚がゆっくりと回遊している。

それから、雪花も交えて何度か遊んだ。梢さんにも紹介した。梢さんの英語は、固いけれどあたしよりきちんとした、「知識」を感じさせる話し方だった。梢さんとケントが楽しげにしゃべるのを見ると、すこし胸が痛んだ。ケントが帰国する日は確実に近づいてきていて、あたしもママも、ケント本人もタイムリミットに触れず、この時間がずっと続くようなふりをして過ごした。

八月もあと数日になった頃、梢さんから呼び出された。「東京出張のお土産を取りに来てくれない？」なんてＬＩＮＥで誘ってきた梢さんは、ずるい。でも、最初からシリアスな用件を匂わされていたら、あたしは怖くてスルーしたかもしれない。梢さんはよくも悪くもあたしのことを知っている。

「ケントくんのことなんだけど」

部屋に上がるなりそう切り出されて、いやな予感がした。でもへらへらと虚勢を張って「なーにー？」と返す。

「きょうだいだって雪花ちゃんに言ってなかったのはどうして？」

「何となく言いづらくて。それがどうかした？」

あたしの態度がよほど白々しく見えたのか、梢さんは大げさに深いため息をついた。普段、こういうパフォーマンスをする人じゃないのに。

「雪花ちゃんはね、朝海とケントくんが『両思い』だって思ったみたいよ」

両思い、という甘酸っぱい単語を懐かしむ余裕はなかった。「あらら」と無意味な感嘆が口をついて出る。

「お願いだから、冷静になってね」

冷静そのものの声で、梢さんが言う。

「朝海が傷つくところなんて見たくないから」

「何の話？」

「ごまかさないで。私も、薄々思わないでもなかった。あなたたちには特別な雰囲気があったけど、双子ならではの距離感なのかもって考えないようにしてた。朝海の気持ちを誰より汲めるのは、私でも雪花ちゃんでもなくケントくんだろうから。そんな、ありえないことには――」

「やめて」

あたしは梢さんの話を遮った。

「ケントとは何もない。ハグさえしてへんのに」

「心の話をしてるの。ねえ、朝海が自分でいちばんわかってるんでしょ」

「わからへん」

鼻の奥がつんと痛む。

「この気持ちが何かとか、これからどないすんねんとか、全然わかれへん。あたしたち、一緒に成長してたら『ありえへんこと』にはならへんかったん？　今はお互いに勘違いしてるだけなん？　これって誰のせいなん？　自分？　ママ？　パパ？　おじいちゃんたち？　テロリスト？」

捲（まく）し立てると、珍しく梢さんが言葉に詰まった。あたしは込み上げてくるしょっぱい何かを必死で飲み下しながら「大丈夫」と言った。

「あの子は、もうすぐ帰るから」

絵はがきを送ってくれた。本を贈ってくれた。サンダルを買ってくれた。あたしのために怒ってくれた。やさしい、あたしのあの子。空と宇宙が区別されているように、「家族」と「ありえないこと」の間にある見えない線を、あたしはどこで越えてしまったんだろう。

それ以上会話を続けたくなくて、梢さんの部屋を飛び出した。マンションの入り口で雪花に会ったけれど、ちゃんと説明できなかった。家に帰ると誰もおらず、敷きっぱなしのマットレスに転がって顔を埋めた。日本語でも英語でもない、誰にもわからない言語で叫び出したい気持ちを必死で押し殺す。どんどん室内が暗くなっても、起き上がれなかった。真っ暗な部屋でじっと突っ伏していると、玄関のドアが開く音がした。足音さえ、もう覚えてしまった。

明かりをつけたケントが、あたしに気づいてちいさく声を上げた。

「びっくりした……アサミ、寝てるのか？」

あたしはのろのろ身体を起こし、まぶしさに目を瞬かせる。霞む視界に、ケントがいる。その幸せ。その胸苦しさ。

「……どうかした？」

「いつ帰国するの？」

唐突な問いに、ケントは神妙な表情で「はっきりと決めてないけど」と答えた。

「オープンチケットだし……うん、でももうすぐだね。大学も始まるし。あっという間だったな。ママとアサミのおかげで、人生最高の夏休みだったたって断言できるよ」

「行かないで」

ずっとうつ伏せていたから、髪もメイクも崩れまくりに違いない。ぐちゃぐちゃのあたしは、ぐちゃぐちゃのまま訴えた。

「九月になっても、いて」

「アサミ」

「あたしたちの誕生日まで日本にいてよ。９１１のない、まっさらの誕生日をあげる。誰もパパを悼まない、あたしたちを哀れまないところで、ふたりだけで年を取ろう」

「どうしたの」と宥めにかかるか、「ごめん、それは無理だ」と謝るかの二択だと思った。でもケントは、躊躇なく答えた。

「OK, Let's go」

あたしは化粧も直さず、大阪駅の高速バス乗り場の待合室にいた。隣ではケントが行き先を示す電光掲示板を面白そうに眺めている。読めないくせに。携帯の電波が入らないような僻地ってどこだろう。テレビもなく、余計な情報が流れ込んでこないところに行くつもりだった。東京や横浜は除外して、広島、岡山、徳島、松山……。

「アサミ、行き先決まった?」

「まだ。バスターミナルがあるところはきっとそれなりに都会だから、バスを降りてからまた移動だね」

「ケントみたいな大男、怖くて乗せらんないよ。……そうだ、船は？　フェリーでマイナーな離島に行くの」

「いいね、楽しそうだ」

広島行きの乗車券を買った。瀬戸内海のどこかでもいいし、さらに遠ざかって九州や沖縄を目指すのも楽しそう。九月十一日まで、時間はたっぷりある。

バスに乗り込む直前、トイレをすませ髪だけ適当に整えて戻ると、ケントがあたしのスマホを差し出してきた。

「通知が鳴ってた」

そうだ、バスに乗る時はオフっとかなきゃ。最後の確認のためロックを解除すると、ママからのＬＩＮＥだった。

『今から帰るけど、コンビニでいるもんある？　ケントにも訊いて』

仕事が終わったらしい。あたしたちが遠くへ行こうとしてるなんて知る由もない、通常営業の内容だった。ケントが画面を覗き込む。

「誰から？」

「ママ。今から帰るって」

既読だけつけて返信せずにいると、今度は「おーい」というスタンプがぽこりと現れた。

『何もいらんの？』

『締め切りますよ』

フキダシが続く。しばらく経って、ハーゲンダッツの写真が送られてきた。

『ひとつだけ買っちゃいました。返事もくれへんつめたい子にはあげへんからね』

「いらんて」

思わずつぶやく。

「アサミ、もう行かないと」

「あ、うん」

トーク画面を閉じようとすると、また写真が流れてくる。

『そういえばこれ、送るん忘れてた。ケントにも送ってあげてね』

ケントが来た、最初の朝の写真だった。あたしはソファで、ケントはマットレスで、右手だけ上げたお揃いのポーズで眠っている。うんと昔の光景みたいに思えるけど、十四年に比べれば、たった今と変わらない。そこにいるあたしたちふたりは、何の憂いもなく安らかで、仲のいい家族だった。それ以外の何者でもなかった。あたしたちを家族として愛している、ママの眼差しを通した写真だから。

液晶に、涙がぼとぼと落ちた。手の中のスマホが、ママがくれた写真が、ぶるぶるふるえる。

「どうしたの」

ケントがやさしく尋ねる。パパが生きてたら、きっとこんな声であたしを労ってくれたに違いない。

「わかんない」

あたしはひんひんとみっともなくしゃくり上げながら言った。後悔じゃない。罪悪感でもない。

「わかんないけど……泣けてくるの」

「うん」

初めて、ケントに抱きしめられた。ママにしたような熱烈な抱擁ではなく、静かに、穏やかに。そしてケントはささやいた。

「I feel you」


あのタイミングで狙い澄ましてくるなんて、母親というものは恐ろしい。それとも、亡きパパの采配なのか。あたしたちはどこにも行かず、ケントは八月三十一日に帰国した。それがよかったのか悪かったのか、わからない。あたしの現実はこうなりました、というだけの話。伊丹空港まで送っていく道中でママは早くもびしょびしょに泣き、視界不良で事故るんじゃないかと気が気じゃなかった。

「楽しかったわ。元気でね」

保安検査場の前で、ママはケントを強く抱きしめた。

「うん、ママも。今度はこっちに遊びにきて」

「必ず行くわ」

あたしは涙が出ないことにほっとしながら、迎えに来た時と同じように、すこし離れてそのやり取りを眺めていた。違いは、互いの白いサンダルと、ケントのバックパックのポケットに差し込まれた文庫本くらい。ケントはあたしをちらりと見やり、「ママ」と表情を引き締めた。

「なあに?」

「アサミは、『パパの希望』じゃなくて『ママの希望』なんだって言ってあげて。パパは大切だけど、一緒に今を生きてるママの希望であるほうが、嬉しいと思う」

ママはぽかんとして、それから「当たり前……」と言いかけ声を詰まらせ、あたしに飛びかかるように抱きついてきた。

「当たり前やんか、そんなん」

「うん、知ってるけど——ちょっと、やめてよ、恥ずかしい」

ぎゅうぎゅう抱きしめられて、息が苦しい。だから、涙がにじむのはそのせいだ。ママの肩越しに、ケントが軽く手を振るのが見えた。笑ったまま、黙って遠ざかっていく。大阪から、日本から、あたしたちのカーマンラインから。あたしもママを抱きとめたまま、笑顔でそれを見送っていた。

隣からママの寝息が聞こえてくる。あたしはシェードを下ろし、目を閉じた。「ホテル・ニューハンプシャー」には、勝ち気で過激なフラニーという女の子が出てきて、弟のジョンと愛し合う。あらすじを訊いた時、ケントは教えてくれなかった。何か理由があったの？　ひょっとすると、あたしより早くカーマンラインの向こうを見ていたの？　その疑問をぶつけることは、一生ない。約束どおり、日本語版を読破してくれた？　訊くのはそれだけ。引き出しに封印した絵はがきはあれから一度も見ていないけれど、あたしの中の「I miss U」がもっと薄れ、懐かしめるようになったら読み返すだろう。あしたを迎えられるかどうかもわからないのに、愚かなあたしは時の流れに希望を見出す。もしこの飛行機が落っこちたって、最後の瞬間まで、きっと。

落っこちなければ、数時間後、ＪＦＫ空港にあたしとママは降り立つ。ケントと、ケントの婚約者が迎えに来てくれている。あたしはママとふたりがかりで、ケントを息が詰まるほどハグしてあげるつもり。

道具屋筋の旅立ち

遠田潤子

誠がじっとこちらを見ている。

その視線は明らかに優美の唇に注がれているように思えた。期待で優美の心臓が軽く跳ねる。どきどきしながら誠の次の言葉を待った。

「え、アボガドロ定数知らんの？　でも、優美は俺と違て短大卒やからしゃあないな」

なのに、誠は何事もなかったかのように先程の話題を続けると、拳でこつんと軽く優美の頭を突く真似をした。一瞬、優美の胸がぎゅうっと縮こまった。

誠は上背があるし子供の頃から空手をやっている。いくら冗談だとしても拳を向けられるとすこし怖い。でも、ここで怯えたり文句を言ったら雰囲気が悪くなる。優美はえへへと笑ってごまかした。

「でも、見栄張ったりせんと素直に知らん、って俺に言うてくれる優美はやっぱりかわいいな」

かわいい。その言葉を聞くとさっき縮こまった胸がぱっと膨らむような気がした。

こんな言葉で舞い上がってしまう自分は阿呆や、とわかっているのに嬉しくてたまらない。

昨日、阪急百貨店で口紅を買った。ばっちりメイクの資生堂の美容部員はにっこり微笑んでこう言ったのだ。……秋の新色、大人の女の赤です。とてもよくお似合いですよ、と。

大抵の男が女の化粧に興味がないことくらい知っている。だが、女性のファッションにうるさい誠なら気付いてくれるかも、とすこし期待していたのだ。なのに、なにも言ってくれない。足の痛みもあってなんだか優美は泣きたい気がしていた。

元号が昭和から平成に変わって二年目。夏は記録的な水不足だった。秋になっても異常気象が続いてもう十月なのに汗ばむ陽気だ。

優美と誠は朝からずっとミナミを歩き回っている。誠が優美に誕生日プレゼントを買ってくれるというので、百貨店、なんばシティ、心斎橋のブランドショップを延々ハシゴしているのだ。優美が履いているのは八センチヒールのパンプスだ。もう爪先が痛くてたまらない。

「優美が一番かわいく見えるワンピースをあげたいんや」

誠は自分好みの一枚を見つけるまで妥協するつもりはないらしい。これまでに何枚も気に入ったワンピースがあったのに誠の好みではなかったのですべて却下された。キャリアウーマンのような大人っぽいデザインは駄目、派手なボディコンも駄目、真っ黒のお洒落なデザイナーズブランドも駄目。ふわっと甘いパステルカラーで、なおかつ上品で清楚なワンピースでないといけないのだ。二十五歳の優美にはなかなか難しい。

つきあいはじめたときから誠は優美の服にうるさかった。一度デートにGパンで出かけたことがあるが、誠は一目見た瞬間に露骨に不機嫌になった。

——男の本音としてはやっぱり女はスカートや。

じゃあ浅野温子は？　浅野ゆう子は？　と言い返したくなったけれど、これ以上誠を怒らせたくなくて呑み込んだ。その後すぐに誠が買ってくれたスカートに着替えさせられた。優美は払うと言ったのだがきっぱり断られた。これは男の意地、男の我儘やから、と。そんなこだわりのせいでその月、誠は金欠になった。以来、絶対にデートではGパンは穿かないようにしている。

誠のこだわりはまだある。あまり稼げていないくせに奢りたがるのだ。優美が遠慮すると「男やから」と言う。女に払わせるなんてヒモみたいや、と。でも、誠はお金持ちというわけではない。工学部だから授業や実験が忙しくて思うようにバイトができないらしい。

一方、優美はOLだから多少の余裕がある。年下彼氏に奢ってもらってばっかりというのは気が引けるし、これ以上誠に無理をさせたくない。何度も話し合って誠の顔を立てる方向で決着した。つまり「店では誠が支払う。店を出た後に割り勘にする」というやり方だ。

そんな付き合いが一年続いて、誠はゼミ推薦で大手機械メーカーに内定をもらった。

――優美の給料なんか最初から抜いてるからな。もう男として肩身の狭い思いはせえへんで済むんや。

嬉しそうな誠を見て哀しかった。誠が引け目を感じないようにいつも気を遣ってきたつもりだ。だが、その心遣いは誠には届いていなかったということだ。

「な、今晩は『オリンピア』行こうや。あそこやったら和洋中なんでもあるし、思いっきり食えて最高や」

梅田の新阪急ホテルの地下一階レストラン「オリンピア」はバイキングで人気があった。誠のお気に入りで月に一度は必ず食べに行く。

優美は腹具合を確かめた。今日はそれほどお腹が空いていない。できれば軽い食事の方がいい。返事を迷っていると、誠が優美の脇腹を人差し指で軽くつついた。

「優美、もしかしたらダイエット中？」

誠の指が腹肉にめり込んだ気がして羞恥で身体が熱くなった。反射的に大きく身をよじって逃げる。

「別に。そんなことないけど」

なんとか笑ってごまかしたが、誠の顔が一瞬で険しくなった。

「ちょっとつついただけやのに、そこまで大げさに逃げんでもええやろ。そんなに俺に触られるの嫌なんか」

「違う。そんなことない。ごめん」

慌てて謝った。だが、誠は不機嫌そうに眉を寄せたままだ。

「俺、なんか傷ついたわ」

誠が大きなため息をつく。優美は誠を見上げて懸命に謝った。

「ごめん。誠、ほんまにごめん」

何度も謝ると、誠が満足げに微笑んだ。

「ま、ええよ。俺、優美のお肉に触るの大好きなんや」

誠が腕を絡め優美を自分のほうに引き寄せた。優美はもう、と言いながら誠にそのまま引きずられるようにして歩いた。

「ピーヒャラピーヒャラ、おどるお肉ー」

ふいに誠が「おどるポンポコリン」のメロディで歌いはじめた。おどるお肉、という歌詞がぐさぐさと胸に刺さる。いつもは大人ぶってリードしたがるくせに、どうしてこんな子供じみた悪ふざけをするのだろう。鼻の奥がつんとして涙が出そうになった。

「もう、誠。やめてえや……」

それだけしか言い返せない自分が情けない。優美は今、百五十八センチ四十キロだ。決して太くはない。でも、細いかと言われたら細くない。誠にからかわれても仕方ないのだ。細いと他人に認めてもらうためにはもっともっと痩せなければいけない。……そう、母のように。

「ピーヒャラピーヒャラ、おどるお肉ー」

ひとしきり歌うと誠はさっさと一人で歩き出した。慌てて後を追う。

「ねえ、どこ行くん？」

「道具屋筋(どうぐやすじ)。うちのサークル、今年は学祭で屋台出すんや。ちょっと機材の下見しとこうと思て」

道具屋筋というのは千日前にある飲食関連の設備を扱う商店街だ。厨房機器や食器、座布団、暖簾(のれん)、提灯まで様々な什器(じゅうき)を扱う店が並んでいる。訪れるのはプロの料理人から一般客まで幅広く、狭い通りはいつも混雑していた。

南海通から千日前筋へ、そして、なんばグランド花月の前に出た。劇場の前にはたくさんの芸人の名を記した看板が上がっている。中には「カサブランカ　チョー

コ　ハナコ」の名もあった。
「ハナコは凄いよな。あんだけ食っても全然太らへん。それに、食べてるとこ、めちゃくちゃかわいいしな」

誠は「カサブランカ」ハナコの大ファンだ。ハナコは眼が細くて和風な顔立ちで、ちょっと芋っぽい。姉のチョーコはモデル並みの美人なのに全然似ていない。でも、誠はそんなハナコがいいという。今、チョーコが「硫酸事件」で休養中なのでハナコは一人で活動している。最近は大食い番組によく出ていて結構いい成績を残していた。

誠がちらりと優美を見た。

「なあ、今日会うたときから思てたんやけど、その口紅、赤すぎへんか？　優美に似合(におお)てへんような気がする」

ずきりと胸が痛んだ。誠は最初からちゃんと気付いていた。でも、気に入らなかったから黙っていたのだ。

「ハナコみたいにピンクでちょっとパール入ったやつ塗ったらどうや。ほら、ハナコは大食いしても全然下品やないやろ？　ピンクのおちょぼ口でどんどん食べるとこが、かわいくて色っぽいんやなあ」

誠はなんだかうっとりした表情だ。本当にハナコが好きらしい。優美は次第に惨めになってきた。

「チョーコはきっと気ぃキツいやろ。美人は性格悪いこと多いしな。リーチのファンも怒ってたし。自業自得や。でも、ハナコは優しそうや。いつもニコニコしてるし」

「そうやね。あたしもハナコはいい子やと思う」

ここで話を合わせないと誠はもっと不機嫌になる。精一杯笑顔を作りながら相槌を打った。

「チョーコはほんまに、リーチみたいなナヨナヨした男のどこがええねん。男は男らしく、女は女らしく、や」

そう言いながら誠が拳を突き出し正拳突きの動作をした。リーチというのは川島(かわしま)理一郎(りいちろう)。今、大人気の若手アイドルグループのメンバーだ。リーチとチョーコの熱愛報道が出たがすぐにどちらも否定した。だが、チョーコのファンが裏切られたと怒ってチョーコに硫酸を掛けたのだ。

「そうやね」

「きっとハナコは太らへんように陰で相当努力してるんやろなあ。太ってる女なんて自分から女捨ててるのと一緒やからな」

その言葉を聞いた瞬間、ぎゅうっと胃が締め付けられ喉の奥に酸っぱいものを感じた。

誠は顔がよくて頭がよくて空手ができて、いつも優美をリードしてくれる。でも、横暴で強引な面もあった。男らしさにこだわって優美を「自分好みの女」にしたがるのだ。

でも、優美だってそんな誠に甘えている面があるのは自覚している。いや、それどころか卑怯だ。次の日曜日、「茶の湯一日体験講座」に行くことを誠に隠しているからだ。

同僚の敦子（あつこ）に誘われた。会社の福利厚生事業の一環でタダなんだから行かなければ損だ、と。興味がないので断ったら、大真面目な顔で諭された。

――お見合いするとき釣書に「お茶」って書けたら箔が付くやん。

今年に入って、短大の時の友人がバタバタと結婚しはじめた。二十五歳までに、と計画的にお見合いをしたらしい。ホテルでの披露宴、海外への新婚旅行など、みなびっくりするほど結婚に金を掛けていた。

だが、今のところお見合いの予定などない。そもそも、優美には結婚願望がないし幸せな家庭生活を夢見たこともない。かといって、絶対に一生結婚しないと決めたわけでもない。実際、周りの友人が結婚していくのを見るとすこし心が波立つのを感じる。迷いながらも世間に流されていく自分がもどかしい。

――「お茶お花」は武器やよ、武器。

結局、敦子に押し切られて体験講座に行くことになった。釣書の箔付けのためという不純な動機で「お茶」を習いに行くのは誠には言えないままだ。

なんばグランド花月の前を通り過ぎて、道具屋筋のアーケードの下に入った。陽射しが遮られ、ひやりと涼しくなる。プロ仕様の包丁がずらりと並んだ店、お好み焼き、たこ焼きの鉄板が積まれた店、看板、垂れ幕が店頭を覆い尽くしている店など、とにかくどこもかしこもゴチャゴチャしている。誠は「屋台一式」をレンタルしてくれる店を探してあちこち見回していた。

「大学の学祭は本格的やねん。短大とは違うからな」

「うん。芸能人呼んだりすごいもんね」

優美の返事に誠は完全に満足したようだ。再び、優美の腰に手を回し引き寄せた。

「優美は素直でほんまにかわいいな」

身体が熱くなって頭の先から足の先までじんじん痺れた。ひやひやさせられた後の「かわいい」に飛びついてしまう。まるでお預けを食らっていた犬のようだ。

「でも、やっぱりその赤の口紅、優美には似合てへん」

優美の顔をのぞき込むと誠が顔をしかめた。優美はえへへと笑った。涙をごまかそうと顔を背けたとき、食器店の店先に置かれた大きな擂(す)り鉢に眼が留まった。外は茶色で内側には細かい溝が刻まれている。美濃焼とあった。

吐き気がして息が止まりそうになった。眼の前が暗くなって、ごりごりという音がどこか遠くから聞こえてくる。誠が慌てて支えてくれた。

「……ごめん。ちょっと立ちくらみ」

「やっぱり女は弱いなあ」

誠が満足そうに笑って優美を抱きしめた。

結局、誠が買ってくれたのはベビーピンクのスズラン柄のワンピースだった。まるで小学生のピアノの発表会のドレスだ。あの頃なら喜べただろうに、と優美は吐きたくなるのを堪えて喜んだふりをした。

＊

次の日曜日、優美は敦子と梅田で待ち合わせた。

「茶の湯一日体験講座」は中之島近くの商業施設とオフィスが入居したガラス張りの高層ビルで開かれていた。重い回転ドアを回して入ると、広いエレベーターホールはカルチャーセンターに通う人で溢れている。年齢層は二十代から七十代くらいまで幅広いが圧倒的に女性が多かった。

敦子とは入社研修で仲良くなった。配属支店は分かれたが今でも時々会って仕事の愚痴を言い合う相手だ。いつもはボディコンの敦子も今日は「お茶」だから白のフリルブラウスとスカイブルーのフレアースカートだった。優美は誠に買ってもらった例のスズラン柄のワンピースを着ていた。五十代くらいの女性グループ四人と一緒にエレベーターに乗り込むと、敦子がこそっと訊ねた。

「さっきから気になってたんやけど、そのワンピースもしかしたら彼氏のプレゼント？」

「うん。ようわかったね」

「そこまで甘々は優美の趣味と違うやん。彼氏に買うて貰たんかなあ、って」

「誕生日プレゼントやねん」

「えー、優美はええなあ。あたしも誕生日に服買うてくれる年下の彼氏が欲しいわ」

敦子が大声で羨ましがると、女性グループが揃ってこちらを見た。露骨に迷惑そうな視線だ。敦子がしまった、と言うふうに肩をすくめてうつむいた。優美も恥ずかしくなって一緒に眼を伏せた。こっそり顔を見合わせるとなんだかおかしくなった。二人で笑いを嚙み殺しながら二十階でエレベーターを降りた。

体験講座の参加者は全部で十名、みな二十代から三十代のＯＬだった。最初に講義室で簡単な説明を聞いてから茶室に通された。露地と待合まである、ビルの中とは思えないくらいに本格的な茶室だった。

手ほどきをしてくれる先生は福々しい「おかめ」にそっくりな初老の女性だった。丸々と肥え太った短い指で袱紗を捌き、茶碗を回して見せる。なんだか手品を見ているような面白さがあった。

「十月は名残の月、と言います。夏の名残の中、これからはじまる秋を感じる月やね。今日のお菓子は姫菊。練りきりです。綺麗やねえ」

おかめ先生は素晴らしい声をしていた。鈴を転がすような、という声を優美ははじめて聞いた。だが、金属の鈴ではない。柔らかで温かい素焼きの鈴の音だ。

「お茶室ではお茶とお菓子を楽しむだけやないんです。花を見て、床の間の掛け軸を見て楽しむんです」

床の間には蔓の花器に茶花が生けてある。薄紫の小さな花が寄り集まって咲いていた。

「これは藤袴。秋の七草のくせに乾かしたら桜餅の匂いがするんやよ」

へえ。単なる野草っぽい見た目なのに面白い。これなら楽しめる。難しくない。釣書に箔を付けるためという邪な動機を忘れて、優美はいつの間にかおかめ先生の解説に夢中になっていた。

桜餅の藤袴から視線を上げると掛け軸が掛かっていた。「八角磨盤空裏走」とある。読み方も意味もさっぱりわからない。これはどうやって楽しめばいいのだろう。じっと見ていると、先生がころころ楽しそうな声で教えてくれた。

「茶室の掛け軸のことを茶掛けといって禅の言葉が書いてあるのが多いですね。これは、『はっかくのまばん、くうりにはしる』と読みます。なかなか難しい言葉なんやよ。八角の磨盤というのは八角形の石臼のこと。米とか麦とか穀物をごりごり、って擂り潰す道具やね。それが空を飛んでいるっていうんやよ。面白いね」

擂り潰す。優美はどきりとした。ふいに動悸がして息苦しくなる。思わず膝の上でワンピースを握りしめた。

「石臼って普通は丸いでしょ。でも、これは八角形。一説にはね、武器のことらしいんやよ。八角形の尖った武器がぐるぐる回りながら空を飛んで敵を切り裂くんやって。物騒な臼やねえ」

ころころと先生が笑って言葉を続けた。

「ありえないこと、自分がなにをどう考えたって及ばないこと。八角の磨盤はその象徴。でも、難しく考えなくてもええんやよ。八角形の石臼が空を飛んでる。凄いなあ、って素直に楽しめばええから」

瞬間、唸りを上げて飛ぶ石臼が見えた。おかめ先生に釣られるようにしてなんとか優美も笑った。

八角の磨盤。優美は心の中で何度も繰り返した。八角の磨盤、空裏に走る、と。茶の湯一日体験講座が終わって、敦子と喫茶店に入った。

優美はポットサービスの紅茶を頼んだ。敦子はさっき練りきりを食べたところなのに紅茶と最近大流行のティラミスを頼んだ。

「優美、ケーキは食べへんの？」

「ダイエット中」

「ダイエットなんかせんでええやん。優美は全然太ってない。むしろ痩せすぎや」

「でも、あたし、気い付けんとすぐに太るねん」

「ふうん」敦子は眉をひそめたが、それ以上はなにも言わず話題を変えた。「あたしさあ、本気で茶道習おうかな。花嫁修業にもなるやん」

「ねえ、敦子。もしかしたら実は結婚の予定あるんと違う？」

「ないない。全然ない。でも、やっといて損はないと思う。いざというときに釣書になにも書かれへんよりマシやんか」

優美は思わず眼を伏せた。敦子の言うとおりだ。自分はなにも書くことがない。趣味も資格もない。高校のクラブ活動だって途中でやめてしまった。

ぼんやりしていると敦子のすこし尖った声がした。

「優美、もしかしたら、あの大学生と結婚する予定あるん？」

「え、まさか。だって、あっちはまだ学生やもん」

「来年卒業やろ」

「卒業やけど……」

　これまで誠との間に結婚という言葉が出たことすらなかった。相手は学生だから当たり前だ。だが、来年の春が来れば誠も社会人になる。そうすれば、結婚を考えたりするのだろうか。

　ティラミスと紅茶が運ばれてきた。敦子がミルクと砂糖をたっぷり入れるのを横目で見ながら、優美はストレートで飲んだ。

「結婚の予定ないんやったら早めに見切りつけんと。うちらもうクリスマスケーキやねんから」

「でも、あたし、別に結婚に憧れないし」

「うちらキャリアウーマン違う（ちゃう）やん。所詮お茶くみコピー取りの腰掛けＯＬや。さっさと家庭に入って子供産んだほうが絶対ええやん」

　男女雇用機会均等法なんて言うけれど、優美の会社では女の子は寿退社が当たり前だ。結婚したのに働き続けている女の子など一人もいない。ついでに言うと総合職の採用もない。女の子は短大卒で一般職。そう決まっている。

「まあね。でも、なんかあたし一生結婚せえへんような気がする」

「ま、優美がそう思てるんやったらそれでええけど。ま、偉そうに言うてるあたしは彼氏すらおれへんし」敦子が他人事のように言い、大げさに肩をすくめた。「今のところ二人揃って売れ残りのクリスマスケーキってことやね」

「そういうこと」

優美はうなずいた。結婚の話はこれで終わりだ。今度は優美が話題を振る番だ。

「ねえ、この口紅の色、どう思う？　誠は赤すぎる、って言うんやけど」

「そう？　綺麗な色やん。大人っぽくて色っぽいと思うけど」

「誠は『カサブランカ』ハナコが付けてるみたいな、ピンクでちょっとパールが入ってるのがええねんて」

「ハナコ？　なんかピンとけえへんわ。チョーコの顔やったらすぐに浮かぶんやけど」

「そやろ。でも、誠はハナコのほうがええねんて」

「あー、それよう聞くわ。男は美人よりちょっと芋っぽいほうが好きやねんて。お母さんみたいで安心するから」

敦子がしたり顔で言った。

お母さん、か。ぎゅっと鳩尾（みぞおち）が締め付けられて胃液が上がってきそうになった。

自分は母に安心などしたことがない。一度もない。

敦子はティラミスを綺麗に平らげ、砂糖のたっぷり入った紅茶を飲んでいる。瞬間、激しい嫌悪感を覚えた。あんな丸い顔でよく人前に出られるものだ。あたしだったら肉の付いた身体で外に出るなんて絶対できない。せめてあと十キロ減らすまでは部屋に閉じこもって誰にも会わずに生きる。

また胃液が突き上げてきたがなんとか呑み込んで堪えた。口の中に苦く酸っぱい味が広がったので慌てて水を飲む。友人を貶して嗤うなんて自分はどれだけ嫌な女なんだろう。サイテーだ。そんなこと思う資格なんてないのに。

「あたしもお母さんタイプ目指そうかなあ。そっちのほうが結婚への近道かも」

両手でカップを持った敦子がため息をついた。優美は返事をせず、水を飲みながら笑ってごまかした。

「優美、お互い頑張らな。焦った頃には遅いんやから」

敦子が力を込めて言うと、鼻息で皿に残ったココアパウダーが舞い上がった。思わず二人で噴き出した。

その夜、誠が泊まりにきた。

優美のアパートは東住吉にある。なんばからは地下鉄で二十分ほどだ。建物が古くて駅から遠いから格安だが、近所に賑わう商店街があって便利な町だ。間取りは八畳と台所の１Ｋで、バス、トイレ、洗面がすべて別なので暮らしやすい。

夕食のリクエストは焼きそばだった。優美がホットプレートで焼きそばを作りはじめると、誠は手伝うわけでもなくビールを飲みながら横で眺めていた。

「やっぱり炒めるだけやな。なんもおもろない。他のサークルはミスコンやったり吉本の芸人呼んだりするんやて。焼きそば焼くだけなんて当たり前すぎる」

誠が大げさなため息をついた。誠の所属する空手サークルは学祭の出し物で揉めているという。焼きそばの屋台で簡単に済ませようというメンバーと、もっと盛り上がることをして目立ちたいメンバーとで話がまとまらないのだ。誠は一応盛り上げたい派らしい。

「なあ、優美。なんかええ案ないか」

「いきなり言われても……」

「なんでもええ。最近、なんかおもろいことなかったんか」

焼きそばが出来上がると誠が早速手を伸ばした。

「うーん。学祭関係ないけど……今日、敦子とお茶の体験教室に行ってん」

「お茶？」

「ビルの中に茶室があるねん。いい先生やったよ。お茶飲んで和菓子食べて……あと掛け軸の言葉が面白かった。八角の磨盤空裏に走る、って。石臼が空飛ぶんやって」

「なんやそれ」

誠はビールで流し込むように焼きそばを食べる。あっという間に二缶飲み干した。

「その石臼は実は武器で、ぐるぐる回りながら飛んで敵を切り裂くんやて。面白いと思えへん？」

「そんなん学祭のネタにはならんやろ。あーあ、女はええよな。暢気(のんき)にお茶お花やってたらええんやから。俺なんか卒論で大変やのに」

また大げさにため息をつくと、誠がホットプレートに残った焼きそばをコテでかき集めて口に放り込んだ。

「なあ、やっぱ焼きそばだけやったら足りへんな。なんかないんか」

冷蔵庫の中にはもう野菜しかない。仕方なしに商店街まで買い出しに行くことにした。

「一番搾りとスーパードライ、一本ずつ買うてきてくれ」

誠は動く気はないようで、さっさとテレビのリモコンのスイッチを入れた。仕方なしに優美は一人でアパートを出た。

誠ははじめての彼氏ではじめての男だ。勇気を出して参加した初合コンで年下のくせに猛アピールをしてきた。

——こんなに華奢でかわいいのに年上？　信じられへん。

華奢でかわいい。その言葉を聞いて優美は泣いてしまいそうになった。一生言われることのない言葉だと思っていた。あの誠の言葉が希望をくれた。あたしも普通の女の子なのだ、と。

そんな誠だって優美がはじめての彼女だった。ずっと男子校で縁がなかったせいだ。

——男は男らしく女は女らしく。俺、結構理想が高いんや。

自分が初彼氏だと知ると、誠は大喜びしてそれから急に強気になった。

——俺が優美をリードしたる。歳は関係ない。優美には引っ張っていく男が必要や。

そう言って乱暴だけれども強く抱きしめてくれたのだ。以来、その言葉通り誠は優美をリードし続けている。

日曜の夜なので商店街の店はもうほとんど閉まっていた。ようやく開いている店を見つけて焼き鳥とビールを買った。ずいぶん遅くなってしまった。誠は待ちくたびれているかもしれない、と小走りでアパートに帰った。息を切らせてドアを開けた途端、いきなり強い口調でなじられた。

「優美、これ、なんやねん」

一体なんのことだかわからずぽかんとしていると、誠が布張りのアルバムを示した。整理箪笥にしまっておいた高校の卒業アルバムだ。一瞬で血の気が引いた。

「これ、ほんまにおまえなんか」

アルバムを開いてある写真を指さしながら吐き捨てるように言った。そこには百五十八センチ八十八キロ、今よりも五十キロ近く重い優美が写っていた。

誠がアルバムをバタンと閉じると乱暴に床の上に放った。

「まるで小錦や。完全に女捨ててるやろ」

眼の前が暗くなって倒れそうになった。小学生の頃にも男子に言われた。あの頃の優美の渾名は北の湖だった。

「ほら、こっちも。ようこんな写真取っとくな。俺やったら恥ずかしくてすぐ破り捨てるわ」

誠が別の写真を見せてきた。優美はたまらず悲鳴を上げた。アルバムには貼らずにメイクボックスの底に隠してあった秘密の写真だ。

高校の文化祭、コーラス部の舞台写真で優美が中央でソロパートを歌っていた。優美は眼を見開き大きく口を開けている。分厚い二重顎のせいで首と肩の境目がない。頭がめり込んでいるように見えるほどだ。

高校に入学してコーラス部に入った。パート分けで優美の声を聴いた顧問はこう言った。

——あなたは素敵なソプラノ。身体に厚みがあるからよく響く声が出る。オペラ歌手になれるかも。

それを聞いて優美は嬉しかった。あたしはオペラ歌手だ、と思い込んで堂々と文化祭の舞台で歌った。だが、客席の生徒は歌を聴かずに優美の二重顎を指さして笑ったのだ。優美はコーラス部を辞めた。

舞台の上での屈辱を思い出すと今でも涙が溢れて倒れそうになる。だからこそ、この写真はダイエットのお守りだった。二度とあんな思いはしない、と。

「相撲取りって言うよりほとんど怪獣やないか」

誠の軽蔑しきった声が全身に刺さる。やめて、やめてと思うのに声が出ない。

「おまえ、音痴のくせにこんな真ん中で歌ったんか。恥ずかしなかったんか」

あれから人前で歌ったことはない。カラオケのマイクを向けられても断った。だから、みなは優美がとんでもない音痴だと信じている。

「勝手に人の部屋漁って……ひどいやん」

もう我慢ができなかった。ぼろぼろと涙が溢れ出した。優美は泣きながらアルバムと写真を整理簞笥の抽斗(ひきだし)に突っ込んだ。

「女はええよな。泣いたら済むと思てる。男なんか泣かれへんのに」

誠が嘲るように言う。こんなふうにバカにされて泣きたくない。なのに、涙が止まらない。惨めでたまらない。

簞笥に手を突いたまま泣いていると、いきなり背後から誠に抱きしめられた。

「ごめん、優美。勝手に見て悪かった。この前、いきなり赤い口紅つけてきたやろ。浮気でもしてるんやないかと思って、ちょっと不安になってもうたんや」

誠の腕の力が強くなる。苦しくて嬉しくて息が止まりそうな気がした。

「もう泣かんといてくれ。俺が悪かった。でもな、太い優美もかわいかったで。太れるのも才能や」

なにが才能だ。簡単に言われたくない。太っていることでどれだけ虐められたか知らないのだろう。

「なあ、優美、もう泣くなや。優美は努力してちゃんと痩せてかわいくなったんやから」

そのまま無理矢理に振り向かされて強く抱きしめられる。誠の声が頭の上から聞こえた。

「優美はかわいい。ほんまにかわいい。頑張ったんや。偉い偉い」

誠が優美の頭を撫でた。思わず優美は顔を上げた。今、誠はなんと言った？　今、あたしのことをなんと言った？

「……ほんま？　あたし、頑張ってかわいくなれた？」

「ああ、めちゃめちゃかわいい。優美はすごく頑張ってかわいくなった」

誠の腕の中で息が止まりそうだ。でも、苦しいのにふわっと身体が軽くなる。そう、あたしは偉い。頑張った。ちゃんと痩せた。二度とあんなふうには太らない。

「ほら、シャワー浴びてちゃんと口紅塗り直しといで。……そやな、あの赤の口紅、あれがええな」

優美はシャワーを浴びて化粧をやり直した。言われた通り赤の口紅を塗る。大人の女の赤だ。

真っ赤な口紅で部屋に戻ると、誠にいきなり押し倒されてキスされた。焼きそばソースと青のりの匂いがした。

誠のキスは長い。そして独特だ。決して舌を入れず、唇と唇をぴったり合わせて強く押しつけるのだ。唇を重ねて上下に左右にぐりぐり、ごしごし、と擦り合わせる。摩擦熱で互いの唇が熱くなって火傷しそうになるまでだ。時々、唇がめくれ上がって歯がぶつかる。誠は舌打ちして、もう一度きちんと「擦り合わせる」のだ。だから、誠の唇も口紅が付いて真っ赤になっているに違いない。

「優美はかわいいなあ」

ようやく唇を離した誠が耳許でささやいた。こんな言葉だけでくらくらする。幼い頃、一度も言ってもらえなかった言葉だ。

ごりごり、という低い雷鳴のような音と共に母の声が頭の中に響いた。

――残したらあかんよ。吐いたらあかんよ。お母さんは家族のために作ったんやから。

また誠がキスしてくる。唇が擂り潰されて腫れ上がってしまいそうだ。

「ほんまにかわいい」

誠がささやく。そう、あたしは頑張ってかわいくなった。あたしは偉い。優美は涙をこらえて誠にしがみついた。

＊

家にいる頃、毎日食事が怖かった。

平日、父はいつも遅くまで仕事をしていて帰ってくるのは十一時過ぎだ。それでも母はちゃんと父のために熱々の料理を出した。

――ママのご飯が待ってるから仕事頑張れるんや。一日の楽しみはママのご飯だけや。

父は母のことをママと呼ぶ。でも、優美はお母さんと呼ぶし、母が自分のことを言うときもお母さんだ。ママは父専用の言葉だった。

父が食事をする間、優美はそばにいなければならない。母が言うにはそれが「夜遅くまで一所懸命働いているお父さんへの感謝の気持ち」だからだ。さらに、ただそばにいるだけではなく一緒に食べなければならない。一人で食べる父が侘しくないように、と。優美は山ほどの晩ご飯を食べて満腹で苦しくても、二度目の夕食を食べなければならなかった。

でも、平日はまだマシだ。本当に怖いのは家族揃って食事ができる日曜日だった。母が腕によりを掛けてご馳走を作るからだ。

日曜日、夕方が近づいてくると優美は恐ろしくてたまらなくなる。昼ご飯が消化しきれず満腹なのにもう食べなくてはならない。二階の自分の部屋でじっとしているだけで冷や汗が出てきた。

「優美、ご飯よ」

階下から母の声がした。思わず二階の窓から飛び降りて逃げ出したくなった。でも、きっと連れ戻されて食卓に座らされるだろう。たとえ大怪我をしていたとしても、手当が済めば食卓に着くよう促されるに違いない。

優美はのろのろと部屋を出た。きっとまた太る。このまま体重が増え続けて百キロを超えたらどうしよう。また制服を作り直さなければならないのだろうか。階段を降りて食堂に入り眼をつぶって席に着く。ぎしっと椅子が軋んだ。昨日よりも音が大きいような気がする。敢えて食卓の上に並んだ料理は見ない。見れば眼から満腹になるからだ。

「うわあ、ママのご飯、今日も美味しそうやなあ」

優美よりもずっと丸々と太った父が歓声を上げながら席に着いた。

家族が揃った。もう逃げられない。優美は覚悟を決めて食卓を見た。

テーブルの真ん中にある山盛りの唐揚げの皿が目に飛び込んできた。その横にはやっぱり山盛りのポテトサラダがある。卵とリンゴがたっぷり入っている。父の大好物だ。その横の皿はフランスパンのオープンサンドだ。小さく切ったフランスパンにたっぷりバターを塗って、スモークサーモン、チーズ、生ハムなどを載せたものだ。これは父がビールを飲むためのおつまみだが、もちろん優美のぶんもある。

眼の前がくらくらしてきた。今からもう吐きそうだ。食べたくない。

母がスープを運んできた。肉団子入りのトマトスープ。大きなスープ皿に山盛りだ。母はスープの皿を二人の前に置くと、台所から今度は大鉢を持って来た。山盛りの肉じゃがが入っていた。母が炊飯器の蓋を開けた。ぶわっと甘い湯気が立ち上る。炊き立てのご飯があふれそうだ。

「さあ、召し上がれ」

母が山盛りのご飯を盛ったお茶碗を父と優美の前に置いた。

山盛り。眼の前にある物はすべて山盛り。なにもかもがそびえ立っている。

「いただきます」

父が唐揚げに飛びついた。優美も半ばやけくそで口に運んだ。揚げ物は絶対に最初に食べなくてはならない。後になればなるほどキツくなるからだ。スープを飲む。肉団子が大きすぎてもう喉に詰まった。

「優美、どんどん食べて。ほら。まだこんなにあるんやから」

母が優美の空いた皿に勝手にお代わりを載せた。ポテトサラダのジャガイモ、肉じゃがのジャガイモ、どちらもお腹に溜まってすぐに苦しくなる。

「残したらあかんよ。お母さん、みんなのために一所懸命作ってんから」

そう言いながら母は優美と父のスープ皿に肉団子を追加した。また眼の前がくらくらしたが、父は口いっぱいにジャガイモを頰張りながら嬉しそうにうなずいた。

台所でオーブンがチーンと鳴った。母が綺麗な焦げ目の付いた熱々のグラタンを運んできた。にこにこしながらグラタンの上に大量の粉チーズを振りかける。見る間にグラタンの表面が覆われて焦げ目が見えなくなった。

見たらだめだ。見ただけでお腹がいっぱいになる。眼をつぶってグラタンのホワイトソースを口に運んだ。熱い。思わず吐き出しかけたら母の鋭い声が聞こえた。

「優美、お行儀悪い。ちゃんと食べなさい」

熱い。熱い。涙をこらえながら呑み込んだ。すると、すぐさま母がにこにこ笑いながら山盛りご飯を差し出した。

「ほら、二人とも、ご飯のお代わりどうぞ」

父は茶碗を受け取るとテーブルに一旦置くこともせず、そのまま食べはじめた。優美は震える手で茶碗を受け取った。口の中の皮がめくれて痛い。もう食べられない。

母がやっぱり笑顔でポテトサラダのお代わりを皿に載せた。本当に無理だ。胃が破れそうで怖い。冷や汗が止まらない。でも、呑み込まなければ。残してはいけないのだから。

「まだまだたくさんあるから優美もお父さんもたくさん食べてね。残したらあかんよ」

唐揚げがまだある。スープも、ご飯も。グラタンはもう冷めただろうか。肉じゃがの甘い味付けが気持ち悪い。ポテトサラダに入っているゆで卵が喉につかえた。

「ご飯が終わったらケーキがあるから。お父さんも優美もちゃんとお腹を空けておいてね」

「ケーキか、やった」父が頰を膨らませて歓声を上げた。

その後も母は本当に嬉しそうに微笑みながら父と優美の皿にお代わりを盛り付け続けた。

「ママも食べたらええのに」

「お母さんは小食やから。二人がお腹いっぱい食べてるのを見てるだけで幸せ」

「さすがママ」

父が満足そうに唐揚げを口に放り込んだ。


父が母に出会ったのは東京オリンピックが開催された年だった。母は父の会社が主催した「ミス・ネッカチーフ」コンテストの準優勝者だった。そのときの写真が居間に飾ってある。水玉のネッカチーフを巻いてミニスカートの母が、「準ミス」というタスキを掛けて誇らしげに微笑んでいた。当時、高校を出てお勤めをはじめたばかりの母は折れそうなほど細くて本物のモデルのようだった。

「あの頃、ママはカトリーヌ・ドヌーブみたいに綺麗やった。パパはな、ママに猛烈にアタックして結婚してもらったんや」

そこで父は満腹になってぽこんと突き出たお腹をさすりながら、ゲップをする。

「もちろん、今でもママはスタイル抜群や。自慢の美人ママや」

父が見ているのは細くて綺麗な母だけで優美には一切関心がない。優美には父にかわいがられた記憶がない。そう、一度も「かわいい」と言われたことがないのだ。モデルのような美貌の母は他の母親たちとはまるで違っていた。優美が一番嫌だったのは授業参観だ。同級生たちは教室の後ろに立つ母と優美を見比べ、肘をつつき合ってくすくす笑った。優美は二重顎に顔を埋めるようにして下を向いていた。

父と母の結婚式の写真はない。お腹に優美がいたから式も披露宴もできなかったのだ。代わりにアルバムにはお宮参りの写真が貼ってあった。優美を抱いた母が無表情な顔でカメラを見つめている。横で満足げに微笑む今よりもずっと痩せている父と対照的だった。

家族三人で名画座で「シェルブールの雨傘」を観たことがある。細くてお洒落なカトリーヌ・ドヌーブはあまりにも遠い存在で同じ人間とは思えなかった。ママにそっくりやろ、とはしゃぐ父の横で母は無言だった。お宮参りの写真と同じ顔に見えた。

*

翌週、誠と会った。夕食は誠の希望でまた例の「オリンピア」だ。

優美はハナコの真似をしてピンクの口紅を塗ってみた。誠がなにか言ってくれるだろうかと微かな期待をしていたが、やはり望んだ言葉はもらえなかった。

「なあ、優美。今日は思いっきり食うてくれ。ダイエットなんか考えんでええから」

「どうしたん、誠。いつもと言うことが違うやん」

「ええから、今日は限界まで食うてくれや」

誠の眼がすこし揺れている。おまけにすこし早口だった。

「なんであたしにそんなに食べさせたいん？」

するると、誠は渋々と言ったふうに話しはじめた。

「俺、ハナコのファンやからひらめいたんや。学祭で女子大生大食いバトルやろう、て。で、なんとか四人集まった。残りの一人がどうしても見つからへんねん。そやから頼む」

「あたし、大食いなんかできへんよ。それに女子大生と違うし」

「そんなんばれへん。昔は食えたからあんだけ太ってたんやろ。ちょっと練習して勘を取り戻したら今でも食えるって。な、頼む」

「でも……」

「俺の企画やねん。うまくいけへんかったら俺が恥かくんや。男の頼みや。な、頼む」

「大食いするなんて女らしくないやん。誠はいつも女は女らしく、て言うてるくせに」

「わかってる。でも、ハナコ見てみい。かわいらしく大食いしてるやないか。頼むわ」

「かわいらしく見えるだけでハナコかて苦労してると思うよ。あたしには無理や」

断り続けると、次第に誠の顔色が変わってきた。

「男の俺がこんなに頭下げて頼んでるのに断るんか」

誠が吐き捨てるように言った。あまり大きな声だったので、周りのテーブルの人が振り返ってこちらを見る。誠が慌てて笑みを作り、何事もなかったかのように取り繕った。

「ほんまに頼む。優美が出てくれへんかったらコンテストそのものができへんのや」

「そんなん言われても大食いなんて絶対いやや……」

あの地獄を思い出すと突然涙が溢れてきた。みなが見ている。みっともないとわかっていても止められない。

「悪かった。とにかく泣かんといてくれ。まるで俺が泣かせてるみたいやないか」

焦った誠が懸命になだめる。優美はなんとか泣き止んだが、結局ほとんど食べないまま店を出ることになった。

そのまま、二人で優美のアパートに戻った。

「今晩、漫才スペシャルに『カサブランカ』ハナコが出るんや。優美もハナコ観て勉強してほしい。あんなふうにかわいく大食いして欲しいんや」

誠はまだ諦めていない。だが、ここで言い返したら喧嘩になってまた泣いてしまう。優美はなにも言わず誠の横に座ってテレビを観た。

やがて「カサブランカ・ダンディ」のイントロが流れてハナコが出てきた。今日は白のワンピースに白のレースの靴下、黒のぺたんこエナメルストラップパンプスだ。田舎の小学生のピアノ発表会のような衣装だった。

――蝶よ花よと育てられ。ボギーも真っ青いい女！　あたしの瞳に乾杯して〜！　カサブランカ、ハナコでーす。

優美はハナコの唇を見ていた。ぷっくりした唇はまるで赤ん坊のようにかわいい。口紅は透明感のあるベビーピンクだ。そこに白のパールを重ね塗りしている。色白のハナコは柔らかい色がよく似合っていた。もし、鮮やかな赤を塗れば唇だけ浮いてしまうだろう。ベビーピンクにパールの輝きは最上の選択だった。

「今日はただの漫才か。大食いやないねんな」

誠はすこしがっかりしたようだ。

――すんません。うちのお姉ちゃんがちょっとアレでアレしまして。しばらくうち一人でやらしてもらいますわ。

姉のチョーコはファンから硫酸を掛けられて以来ずっと休養している。週刊誌には酷い記事が載っていた。男を取っ替え引っ替え弄んだから自業自得だとか、二目と見られない顔になったとか、頭がおかしくなってしまっている、とかだ。

——うち一人で新作漫才やろかと思たんですけどね、やっぱりお姉ちゃんおっての「カサブランカ」やからね。一人でやるんは違うと思うんです。それに、うち一人だけウケてもうたら、お姉ちゃんかわいそうやし。

客席が笑って拍手をした。羨ましい、と優美は思った。美人でないのに好かれるハナコに嫉妬した。

——今日はちょっとお姉ちゃんとの思い出を話そうと思います。……ほんまにええ人やったわ。惜しい人を亡くした……って死んでへんわ。

一人でお約束のボケツッコミをやると客席が笑って、先程よりずっと大きな拍手の音が響いた。明らかに応援の拍手だった。拍手が静まるとハナコは話しはじめた。

——うちが大食いできるようになったんは、実はお姉ちゃんのおかげなんですわ。お姉ちゃん、別嬪(べっぴん)さんでしょ? 小さい頃からお父ちゃんにメチャメチャかわいがられてたんですよ。お父ちゃんはね、お人形さんみたいにお姉ちゃんを大事にしてて、ご飯はいつも膝の上に乗せて食べさせてたんです。「ほら、チョーコ、あーんして」って。これ、中学生になってもやってたんですよ。

中学生で膝の上？ 思わずテレビの中のハナコを凝視した。これは笑うべきネタなのだろうか。客席も戸惑っているようだ。

――あーん、って口を開けるお姉ちゃんはお人形さんみたいに綺麗やったんです。でね、あたしも「あーん」して欲しかったから順番を待ってたわけです。でも、なかなかお姉ちゃんは食べ終わらへん。待ってる間にどんどんお腹が空いてきて、あたしは一人でどんどん食べて……。結局、あたしだけ何回もお代わりして、お父ちゃんに食べさしてもらうのを待ってたわけです。あの頃、家で一番たくさん食べてたのは、あたしやね。他の人の二倍は食べてました。そのおかげで大食い芸を身につけることができたんですわ。お父ちゃんとお姉ちゃんに感謝やね。

やっと客席が笑った。それは面白かったからではなく、ほっとしたからのように思えた。

――お父ちゃんに食べさしてもらうとき、うちはいろいろ努力したんです。お姉ちゃんに負けたらあかんと思て、かわいく見える食べ方を稽古したり。ね、あたし偉いでしょ？

ハナコが頰に人差し指を当てて首を傾げるぶりっ子ポーズをした。客席がまた笑った。

「な、ハナコは子供の頃から努力してたんや。優美かてやればできるやろ」

誠が優美の眼をのぞき込んで言い聞かせるようにした。

「……うん。あたしもハナコと一緒や」

思わず呟くと、誠がほっと嬉しそうに笑って優美の頭を撫でた。

「口紅か？　たしかにハナコの真似やな。気い付いてたで。真似してかわいくなろうって努力するとこがかわいいな、優美は」

そのままベッドに押し倒される。シャワーを浴びてから、と思うのにあっという間に下着を脱がされた。誠がキスしてくる。いつもの唇を擦り合わせるキスだ。誠の唇が強く押しつけられ、擦りつけられる。せっかく丁寧に塗ったピンクの口紅も根こそぎ拭い取られているに違いない。強く擦りつけられる唇がひりひり痛んできた。誠のキスはまるで擂り鉢のようだった。

＊

太っていたのは父と優美だけではなかった。家にはいつも犬や猫、小鳥のどれか、もしくはすべてがいてみな丸々太っていた。

優美が小学校高学年の頃、犬と猫が病気で相次いで亡くなった。すると、母はすぐに桜文鳥の雛を買って来た。

母は透明なプラスチックケースにキッチンペーパーを敷いて雛を入れた。雛はとても小さく、まだ眼が半分しか開いていない。ところどころに羽毛が生えていて、まだらのピンクの虫のようだった。

「まだ自分で餌を食べられへんから、食べさしてやらなあかんのよ」

母が台所から一抱えもある大きな擂り鉢を持ってきた。

小鳥の餌を鉢の中にざあっと投入する。アワ、ヒエなどの粒の小さな雑穀だ。母は水を加えると大きな擂り粉木(こぎ)で擂りはじめた。ごりごりと腹に響く音がする。なんだか優美は吐きそうになった。

母は雛鳥のための餌を擂り潰し続ける。一体どれだけの餌を作れば気が済むのだろう。あんな小さな身体に入るわけがない。

ようやく母の手が止まった。どろどろになった餌から擂り粉木を引き上げ、満足げに微笑む。どろりと擂り潰された餌は嘔吐物にしか見えなかった。

母がフードポンプで餌を吸い上げ、雛の口に突っ込んでシリンジを押した。ドロドロの餌が細いチューブを通って雛の紅色の嘴(くちばし)の奥へ消えていく。

「ほら、もっと食べや」

母がまたシリンジを押した。

「残したらあかんよ。吐いたらあかんよ。あんたのために作ったたんやから」

母はどんどんシリンジを押す。雛の首の両脇がぽこんと膨らんできた。餌が溜まっているのだ。見ているだけで優美は気持ちが悪くなってきた。まるで自分の喉に餌を流し込まれているような気がする。母は一体いつまで餌をやるのだろう。このままでは雛もあたしも破裂してしまう。

「ほら、まだまだたくさんあるから」

母の手の中で雛が小さく震えた。すると、母はようやく雛の口からポンプを引き抜いた。優美はようやくほっとした。

次の日曜日、両親が葬儀に参列するため家を空けることになり、雛への餌やりを頼まれた。

優美は母がしたように擂り鉢で雑穀を擂り潰した。準備が整うと、そっと雛を掌に載せた。震える雛から熱が伝わってくる。柔らかで温かな肉だ。母なら喜んで料理するだろう。

ふいに眼の前にありありと浮かんだ。真っ白いお皿の上に雛が眼を閉じて横たわっている。そして、母は言うのだ。残したらあかんよ。吐いたらあかんよ。あんたのために作ったたんやから、と。父は横でうなずいている。

ざあっと肌が粟立った。なんて恐ろしい想像だろう。優美は懸命に妄想を振り払い、そっとフードポンプの先端を雛の口に差し込んだ。雛が嫌がってもがいた。まだ毛の生え揃っていない翼を懸命に震わせる。

優美は雛の様子を見ながらそろそろとシリンジを押した。雛は翼をばたつかせて呑み込んだ。

シリンジを最後まで押し込むとポンプが空になった。再び餌を吸い上げ、雛の口に差し込む。優美はシリンジを押した。慣れてきたので今度は手早い。

「残したらあかんよ。吐いたらあかんよ。あんたのために作ったんやから」

雛は二度目も食べてしまった。優美は三度、フードポンプを満たした。雛の口に先端を入れ、シリンジを押した。雛の口の中に餌が吸い込まれていく。首の脇が大きく膨らんだ。

「ほら、もっと」

優美はさらにシリンジを押した。

「ほら、あんたのために作ったんやから」

シリンジを押し切ると雛の口から餌が溢れた。そして、雛は動かなくなった。

優美はわけがわからず手の上の雛を見つめていた。一体どうしてしまったのだろう。さっきまであれほど元気に食べていた。お腹がいっぱいで眠ってしまったのだろうか。

そっと指でつついてみたが雛はぴくりとも動かない。まさか餌が喉に詰まってしまったのだろうか。なら、吐かせなければいけない。背中を叩けばいいのだろうか。優美は指先でそっと雛の背を叩いた。すると、またすこし口から餌が溢れた。だが、雛は動かないままだ。

優美は震える手で雛をケースに戻した。起きて、動いて、と心の中で祈りながら見守った。だが、いつまで経っても雛はぐったりとしたままだ。胸も腹も動いていない。呼吸をしていないように見えた。

どうしよう。優美は怖くてたまらなくなった。やっぱり死んでしまったのだ。あたしが殺してしまったのだ。優美はケースの前で泣き出した。悪気なんてなかった。ただ、餌をいっぱい食べてもらおうと思っただけだ。ごめん、ごめんなさい。

ケースの前で泣きじゃくっていると、両親が帰ってきた。

「餌をやってたら、気がついたら死んでてん」

「餌をやってただけ？」

「うん。そしたら餌を口から吐いて……」

すると、母は雛の死体をケースからつまみ上げると無造作に生ゴミ用のゴミ箱に捨てた。優美は驚いて声も立てられなかった。

「せっかく作ったのに吐くなんてもったいない。餌もまともに食べられへんなんて弱い雛やってんね。食べられへん雛は死んでも仕方がないよ」

母は優美をすこしも叱らなかった。優美は呆然と立ち尽くしていた。恐ろしくて身体の震えが止まらなかった。

食べられない雛は死んでも仕方がない。

母はそう言った。つまり、優美も食べられなかったら死んでも仕方がないのだ。ご飯を残したら優美の死体はゴミ箱に捨てられてしまうのだ。

その夜、夢を見た。死んだ雛を母が無造作に擂り鉢に放り込んだ。そして、擂り粉木でごりごりと擂り潰した。

――残したらあかんよ。吐いたらあかんよ。あんたのために作ったんやから。

優美は夢の中でソプラノの悲鳴を上げ続けた。

それからも母は料理を作り続け、父も優美も太り続けた。父が心筋梗塞で死んだのは高校一年のときだった。父の血はドロドロだったという。

*

夜中、誠がベッドから出て行く気配で眼が覚めた。

トイレかと思ったがドレッサーの前に座ったので不思議に思った。なにか探しているようで、ときどきちらっとこちらをうかがう。優美は息を殺して寝たふりをしていた。

やがて、誠が立ち上がって洗面所に向かった。灯りが点いた。だが水の音がしない。一体なにをしているのだろう。優美は音を立てないように起き上がり、足音を忍ばせ洗面所をのぞいた。

Tシャツとスウェットの後ろ姿が見える。鏡に映った誠を見てどきりとした。誠の顔は真剣そのものだった。ひどく緊張しているようで青ざめて奇妙に強張っている。ゆっくりと誠の手が動いた。手に持った物を顔に近づける。優美は思わず息を呑んだ。口紅だ。大きな手でぎこちなく摘まむように持っている。

誠が口紅を自分の唇に近づけた。手がかすかに震えていた。大きな喉仏が何度も上下に動いている。優美は息を殺してじっとしていた。誠は見ていて気の毒になるほど怯えていた。口紅を唇に触れるか触れないか、というところまで近づけた状態で誠は長い間じっとしていた。

やがて、意を決したように誠が口紅を下唇に押し当てた。ゆっくりと横に滑らせる。血の気のない顔に鮮やかな色がぬるりと現れた。蛍光灯に照らされて浮かんだのは資生堂の新色、大人の女の赤だった。

口紅を塗りおえた誠はうっとりと鏡の中の自分を見つめていた。もう緊張も怯えもない。先程まで血の気のなかった頬が紅潮していた。眼が潤んだように輝き、全身から高揚が感じられる。

誠が鏡に向かって微笑んだ。最初はおずおずとした笑みだったが、次第にためらいが消えていった。蕩けるように科を作ってみたり、すましてみたり、様々な表情を真剣に作っている。最後には心から嬉しそうに、堂々と誇らしげに笑っていた。

優美は静かにベッドに戻った。心臓が信じられないほど速く打っている。口の中がからからに渇いていた。

真っ赤な口紅を塗った誠はこの上もなく満ち足りて幸せそうだった。そして、はじめて見る穏やかで柔らかな眼をしていた。

翌朝、誠が帰ると優美は地下鉄でなんばに向かった。

道具屋筋を目指してなんばグランド花月の前を通り過ぎるとき、ちらっとハナコの看板を見上げた。

――あの頃、家で一番たくさん食べてたのは、あたしやね。他の人の二倍は食べてました。そのおかげで大食い芸を身につけることができたんですわ。

道具屋筋のアーケードに入る。まだ時間が早いので人が少ない。決心が鈍らぬよう急ぎ足で歩いた。

あの擂り鉢はまだ店頭にあった。ごりごりごり、と急き立てるような音が聞こえてくる。

「これください」

美濃焼の擂り鉢を両手で抱えるようにして持つ。ずしりと腹に応える重さだ。まるで日曜日の夕食の後、母の料理を限界まで詰め込んだ後のようだった。

その夜、誠に電話を掛けて出場の意思を伝えた。わかってくれたんか、と誠は嬉しそうだった。

＊

学祭二日目、芝生広場の特設ステージでは様々なイベントが行われていた。

優美は時間が来るまで横のテントで待機していた。今、ステージに上がっているのは吉本所属の「はんだごて」というまだ若い漫才コンビだった。ハルミがツッコミでヒデヨシがボケだ。二人とも一所懸命だったが滑りまくっている。「カサブランカ」をあからさまに真似しているのがわかって、見ていると哀しくなってきた。

「あんな芸人呼んだかて意味ないな。こっちの勝ちや」

誠のサークルメンバーは、みな口々に他サークルの失敗を嬉しそうに話している。

優美はそっと胃をさすった。あたしも失敗したらあんなふうに笑われるのだろうか。あのコーラスのときのように。

ごりごり、と音が聞こえてくるような気がする。慌てて頭を左右に振って擂り鉢の音を追い払った。

「女子大生大食いバトル」の出場者は五人。全員が揃うと優美は拍子抜けした。どれも大食いのできるような女の子には見えない。ロングソバージュの女の子が二人。ワンレンの女の子が二人。みな、綺麗に化粧をして爪を染めている。服装は事前に指定されていて、上はトレーナー、下はショートパンツ、一から五までのゼッケンを付けていた。

舞台に上がる前、誠が真剣な顔で言った。なんだか芸能人スポーツ大会といった雰囲気だ。

「優美、絶対勝ってくれや。でも、下品な食べ方はあかん。ハナコみたいにかわいらしく食べるんやで」

ハナコみたいにかわいらしく、か。かわいらしく大食いしろと？　ハナコがどんな気持ちで食べていたのか誠にわかるのだろうか。返事をせずに背を向けた。そして、あの擂り鉢を抱えて特設ステージに上がった。

司会の男子大学生が一番のゼッケンを付けた女子大生にマイクを向けた。

「これまでの最高記録はどれくらいですか？」

「えー、ケーキ五個です」

にこにこ笑いながら観客に手を振る。パシャパシャパシャ、とフラッシュが光った。

同じ質問が続いていく。女子大生の返事は「ラーメンとチャーハンと唐揚げ」「餃子四人前」「寿司二十貫」だった。彼女たちが答えるたびに、司会の男は「すごい」と大げさに褒め称えた。

ああ、と優美は一瞬で察した。これは本気の勝負などではない。テレビの深夜バラエティと同じだ。女子大生にちょっとした大食いをさせて、その苦しげな表情を楽しむだけの企画だ。

「では最後のゼッケン五番、優美ちゃん。……あれ、その擂り鉢は？」

擂り鉢を抱えた優美を見て司会が困惑した。

「戦うための武器です」

「これが武器？　面白い事言うなー。これは優美ちゃんに期待ですね。で、最高記録は？」

「唐揚げ山盛り。ポテトサラダ山盛り。オープンサンドイッチ。ミートボールのトマトスープ。山盛り肉じゃが。チーズグラタン。スパゲッティ。ご飯は丼に二杯。デザートにおはぎ、大福、プリン」

「へ？」

司会が絶句し、観客が静まりかえった。優美は手を振りながら観客席に笑顔を向けた。これくらいで驚くん？　あたしは毎日毎日もっともっと食べていた。母に餌付けされて吐くことさえ禁じられていたのだ。

「……うわー、すごいですね。優美ちゃん」

司会が気を取り直して、マイクを優美に向けた。

「抱負をどうぞ」

「擂り鉢いっぱい食べて見せます」

は？　と司会はまた言葉に詰まったがこれ以上関わらない方がよいと判断したようだ。そそくさと定位置に戻っていった。

眼の前の長テーブルにはなにも布が掛けられていないので、観客からは剝き出しの脚が丸見えだ。満腹になって苦しくなって、もぞもぞするところを狙うつもりか、巨大な望遠レンズを付けたカメラを構えた男がたくさんいた。

優美は擂り鉢をテーブルの上に置いて席に着いた。やがて、それぞれの前に水と焼きそばが運ばれてくる。

「制限時間は三十分。それでは焼きそばバトル、スタートです」

ピーッと笛が鳴って、勝負がはじまった。女子大生四人は長い髪を手で押さえながら、焼きそばを食べはじめた。ちゅるちゅる、と上品に啜っている。

優美もおもむろに箸を割ると焼きそばを啜った。子供の頃からの経験でわかっている。早食いをすると後が辛い。最初はゆっくり、でも噛まずに食べる。ペースは変えない。ただ淡々と食べる。自分が食べている、ということも考えてはいけない。焼きそばを見てもいけない。頭と眼から満腹になるからだ。ひたすら無心で食べる。

三皿目を平らげたところで、ふいに茶道の体験教室を思い出した。

おかめ先生の福々しい手が袱紗を捌く様子の美しさ、しゅっしゅっと絹が鳴る心地よい音、床の間に活けられた薄紫の藤袴のかわいらしさ。焼きそばを食べる手を止めずに考え続ける。

お薄はお茶碗に半分も入っていない。茶筅で立てたばかりのお茶はすこし泡立ってまろやかな緑色だ。懐紙にお菓子を載せてクロモジで食べる。姫菊を表した練りきりだった。

甘い菓子を思い浮かべると眼の前の焼きそばから意識が逸れた。「口直し」を食べた状態だ。再び焼きそばを食べる闘志が湧いてくる。

四皿目を平らげた。皿が空っぽになるとすぐに新しい焼きそばが出てくる。五皿目に取りかかる。横の屋台で素人が焼いているからあまり美味しくない。キャベツは焦げているか生かどちらかで、肉はほとんど入っていない。麺はゴムのようだ。

ダメだ。慌てて優美は首を横に振った。食べている物のことを考えてはいけない。無心だ、無心。無心で食べなければ満腹を意識してしまう。

だが、遅かった。ふいに胃が一杯になったのを感じた。もう食べられない。吐きそうになりながら隣の出場者を確かめた。まだ二皿しか食べていないのに、苦しい、苦しい、とアピールしながら身体をくねくねさせている。

――残したらあかんよ。吐いたらあかんよ。お母さんは家族のために作ったんやから。

こいつらは本当の満腹の苦しさを知らないくせに。優美は猛然とやる気が出てきた。とりあえず水を飲む。そして、思い切り腹を膨らませたり引っ込めたりを繰り返した。

優美の胃はちゃんと憶えていてくれた。胃の出口が開いたのがわかる。今まで食べた物が下へ降りていった。出口が開くといっぺんに楽になる。胃にスペースが空いてもっと食べられるようになるのだ。

父が亡くなると、母はモデル事務所に片端から履歴書を送りはじめた。大手には相手にされなかったが、やがて地元密着の小さな事務所から仕事が来るようになった。母は主婦モデルとしてスーパーや衣料品店、ホームセンターのチラシに登場した。わざとらしいフリルのエプロン姿で鍋を持って微笑んだり、農業帽をかぶってトマトの苗を抱えたりした。まるで病院着のようなダサいガーゼのパジャマを着てポーズを取る母は眩しい程に輝いていた。そのとき、わかった。母は勝ったのだ。父への復讐を成功させたのだ。

母は自分の幸せを実現すると優美への興味をきれいさっぱり失った。食事の強制もなくなり、まるで別人のように無関心な母へと変貌した。優美は壮絶なダイエットを開始し、四十キロほど落とした。そして、短大を卒業して就職したのをきっかけに家を出たのだった。

優美はきちんとほぐれず団子になった焼きそばを嚙まずに呑み込んだ。ひたすら箸を動かす。なにも見ない。食べていることを考えない。周りがどうだろうが気にしない。

傍らに置いた擂り鉢を見た。これは武器だ。あたし専用の武器だ。回転しながら空を飛んで敵を切り裂く。

気付くと食べ続けているのは優美だけだった。終了までまだ十分あったが優勝は確定だ。あとの四人はもう箸を置いて、くねくねもぞもぞしながら膨れた腹を撫でている。

優美の皿が空っぽになった。なのに、次を運んでこない。バカにしてるん？　優美は手を上げ大きな声で言った。

「焼きそば、お代わり。早よ持って来て」

観客がざわついた。パシャパシャパシャとフラッシュが光った。慌てて焼きそばを運んできたのは誠だ。小声で言う。

「もう食べんでええで。優勝は優美で決まりや」

優美は返事をせずに焼きそばを掻き込み、たった三口で皿をきれいにした。ここからはラストスパートだ。ペースも考えない。ひたすら食べる。母に怒られないためではない。自分のためにだ。頑張れ、と観客席から声援が飛んだ。

「お代わり」

優美は焼きそばを食べ続けた。声援がどんどん大きくなる。カメラのフラッシュが止まない。

「な、優美。無理すんな。もう食べんでええんや」

「あたしは八角の磨盤」

誠を無視して優美は大声で宣言した。口の端から麺の切れ端が飛んだ。他の出場者も司会も観客もぎょっとして優美を見た。

「優美。おまえ、ほんまにどうしたんや……」

長机の横で誠は途方に暮れた顔で立ち尽くしている。

さあ、あと五分。優美は再び食べはじめた。そうだ、擂り鉢いっぱいどころじゃない。何杯も何杯も、限界を超えて食べてやる。


ピーッと終了の笛が鳴った。優美はぶっちぎりの優勝だった。

「優美ちゃん。すごいですねー。今のお気持ちは？」

司会者がマイクを近づけてきた。誠がどこか怯(おび)えたような顔でこちらを見ている。

優美は擂り鉢を優勝カップのように高々と差し上げた。

「美味しかった。こんなに楽しく大食いをしたのは生まれてはじめてです」

「皆さん、優美ちゃんに盛大な拍手を」

司会者が「初代大食い女王」と書かれたタスキを優美に掛けた。優美は拍手の中ステージを降りた。お腹がいっぱいで倒れないで歩くのがやっとだ。冷や汗が止まらない。とにかくトイレだ。吐こう。もうあたしは吐きたいときに吐けるのだから。好きなだけ吐いてやる。

「優美、すごかったな」

誠が話しかけてきたが、擂り鉢を抱えたまま無視して歩き続ける。

「優美」

誠が腕を摑んだが、優美はすぐに振り払った。身体をよじると焼きそばが口から出そうになった。

「すいません」

そこへ優美とそれほど歳の変わらない若い女が近づいてきた。背が高くて痩せ型、さらさらワンレンボブの美人だ。仕立ての良いパンツスーツを着て、いかにも頭の良さそうなキャリアウーマンといったふうだった。

「吉本興業の斉藤蘭子（さいとうらんこ）です。さっき出さしてもろた『はんだごて』のマネージャーをやってます。ほかに『カサブランカ』も担当してます。すごかったですね。あなたの食べっぷり、感動しました。よかったらうちに入りませんか。あなたやったらハナコのライバルになれる。チョーコ不在の間、臨時コンビを組んでもええ。吉本大食いギャルコンビです。アイドル売りかてできる。絶対に人気が出る」

斉藤蘭子が名刺を差し出しながら早口でまくし立てた。興奮しているのがわかった。

優美はじっと蘭子を見た。胡散臭い様子は感じられなかった。それどころか一目で好感が持てた。この人は仕事を頑張る人だ。あたしなどよりもずっとずっと一所懸命に生きている。

「ごめんなさい。大食いは今回限りと決めてるんです」

「もったいない。大食いは立派な才能です」

蘭子が食い下がってきた。その熱意に一瞬、優美の心が動きそうになったほどだ。

「わかってます。でも、あたしの胃はあたしのものなんです。あたしは食欲を他人に強制されたくないんです」

「強制はしません。きちんとあなたの希望を聞きます。あなたは大食いで天下が取れる可能性がある」

「ごめんなさい。やっぱり興味がありません」

横で誠が唖然とした表情をした。

「優美、なんで断るねん。もったいない。この人、ハナコのマネージャーさんやねんで。アイドルになれるかもしれへんのに」

誠を無視して斉藤蘭子に返事をした。

「ごめんなさい。やっぱりあたしの食欲はあたしのものなんです」

今のあたしなら母の気持ちが理解できる。父に妊娠させられた母の怒りと絶望が理解できる。決して許すことはできないけれど、どれだけ母が自分の身体を取り戻したかったかは理解できる。母にとって家族は切り裂かなければいけない敵だったのだ。

優美は斉藤蘭子に一礼して背を向けた。

「優美、待てや」

誠が追いかけてきて優美の前に立ち塞がった。優美はソースと青のりまみれの口でゴージャスに微笑んだ。ハナコではない。チョーコのような大人の女の笑みだ。

「これ、あげる」

ショートパンツのポケットから小さな包みを取り出した。昨日、仕事帰りに買った。例の資生堂の新色だ。

「ほら、この色、誠のお気に入りやろ」

誠の顔が一瞬で真っ青になった。優美はこみ上げてくる吐き気をこらえながら、精一杯優しく語りかけた。

「大丈夫。誰にも言わへん。なあ、誠。人の眼なんか気にせんと好きなことやったらええねん。自分の身体は自分のもんや。自分がどんな身体でいたいかは自分で決めるんや」

誠が低く呻いた。混乱して怯えているのがわかった。

「八角の磨盤ってありえないことやねん。ありえないことが起こってもええやん。そやから、お互いもっと楽に生きよ」

「優美……」

「お化粧とか服のこととか、あたしにできることやったらなんでも相談乗るし」

誠が打ち上げられて死にそうな魚のようにぱくぱくと口を動かした。でも、それは言葉にはならなかった。

「いつでもええから」

立ち尽くす誠の脇をすり抜けた。擂り鉢を抱えて大股でざくざく歩く。やっぱりもう胃は限界だ。思い切り吐いてどこかで休みたい。

あたしは八角の磨盤だ。どこまでもどこまでも飛んでいってやる。

「ピーヒャラピーヒャラ、飛ぶよ磨盤」

吐き気を堪えながら優美は声を張り上げ、歌った。

「ピーヒャラピ、回って切り裂くー」

強くて豊かなソプラノは高く澄んだ秋の空にどこまでも勇ましく響き渡った。

*

十二月に入って街はどこもかしこもクリスマスの飾り付けで華やいでいる。

陽射しはあるが風の冷たい午後だった。優美はアパートで炬燵に入って「エルマガジン」を読みながらぼんやりしていた。

学祭以来誠とは会っていない。クリスマスの予定がなくなってしまった。敦子と有馬温泉でも行こうか、まだ宿は取れるだろうか。いや、そもそもこれからずっと週末は暇だ。おかめ先生のところでお茶をきちんと学ぼうか、などと考えていたらインターホンが鳴った。

ドアを開けると誠だった。ひどく緊張した表情をしている。茶と白のツートンの革のスタジャンを着て、すこし痩せたように見えた。

ひゅうっと風が吹き込んだ。今まで炬燵で温まっていた背中がぞくぞくした。誠はなにも言わない。ただじっとすがるような眼で優美を見つめている。二人でしばらく立ち尽くしていた。

やがて気付いた。誠の手が微かに震えている。握りしめているのはあのときプレゼントした口紅、大人の赤だ。

「寒かったやろ。早よ炬燵入り」

優美は誠を招き入れるとドアを閉めた。誠がほっと大きな息を吐き、それから今にも泣き出しそうな顔で笑った。

無事に、行きなさい

桜木紫乃

体を繋げ合っていても、心だけすっと離れてゆくのがわかる。

赤城ミワと初めて肌を重ねてから二年が経った。行為の終わり、倫彦よりも先に現実に戻る瞬間が、繋ぎ合った部分から伝わってくるのだ。

最初はただの気のせいと思っていたが、二年経っても感覚は変わらなかった。肌も馴染んでいるはずだし、いいかげん慣れてもいいはずだったが。

体を離した。ミワはうつぶせでまどろんでいる。布団からはみ出た肩に、刺繍のように繊細に描き込まれたアイヌ紋様が美しく並んでいる。

男が先にシャワーを浴びに起き上がることについて、ミワはなんとも思っていないようだった。

リンさん――ミワの呼び止める声に振り向く。

「内装の件だけど、図面はいつ取りに行けばいいかな」

「次に会えるときに持ってくるよ。オーナーもミワが引き受けてくれること、とても喜んでた」

ふっとミワの気配が変わった。

「そういうの駄目だって。請け負ったからには、仕事は仕事として筋を通します。ちゃんと、プライベートじゃない時間に打ち合わせをさせて」

「わかった、じゃあ水曜日に。定休日だけど店で仕込みをやってるから」

ミワがひらひらと手を振りながら「了解」と大きな瞳を光らせた。

この気怠(けだる)さのなかで仕事の話をするのはどうなのか。ミワにとってはなんの矛盾もないのだろうと思いながら、心に納めた。

おかしなプライドだということもわかっている。十歳年下の女が四十を超えた倫彦より先に、性愛の時間から離れてゆくのが悔しいだけなのだ。

半年前にミワが手に入れたマンションは、札幌の大通の外れにある。夜でもカーテンを開け放しておけるくらいの階層だ。ほとんどカーテンを閉めたことがないという彼女の部屋から見えるのは、雪景色に光の塵(ちり)をまぶした札幌の夜景だった。

暖房が効いた部屋はどこへ行っても同じ室温だった。火気厳禁の安全快適な部屋を手に入れておきながら、火のない暮らしは落ち着かないと笑う。八十平米のマンションに住まうアイヌ紋様デザイナーは、ここを「ポン・チセ」――ちいさな家と呼んだ。

滝(たき)倫彦がシェフを務めるビストロ「ＲＩＮ」の建物が大雪で倒壊してから一年が

経つ。

札幌に隣接する街の駅前で古い建物を借り、改装して営業していた。倒壊は独立して五年目のことだった。半世紀前の建物でできるだけ長くと思って開業したのだったが、まさか改装費の借金が残ったまま店を失うとは思わなかった。

倒壊した建物を撤去した建築会社の社長が新店のオーナーを申し出てくれたお陰で、しばらくは近くの仮店舗での営業ということに落ち着いている。オーナーの援助と地元の応援もあって客足がひどく落ちることはなかった。

ゴールデンウィークを目標に、オーナーの社屋竣工と同時に一階にビストロ「RIN」がリニューアルオープンする。建物の外観はもう出来上がっていた。現場はシェフの倫彦に与えられた店舗部分の内装を入れる段階に入っている。

ミワとは「RIN」の客として出会った。付き合い始めるまでにそう時間がかからなかったのは、彼女の持つ奔放さと繊細さに、年の離れた倫彦が引き寄せられたせいだ。

シャワーの雫(しずく)を大判のタオルで拭い、ヘアドライヤーで髪を乾かす。鏡に映っているのは、金色に脱色した顎(あご)までの髪を風にまかせている中年男だ。十歳下とはいえ、大人の女と恋仲である。

冴えないな――

搔き上げては振り下ろし、たちまち乾燥してゆく前髪が、顔にはりついて鬱陶しい。体の怠さとは別のところで、言葉にならぬなにかに苛立っているのがわかる。八つ当たりか、と戒めながらリビングに戻った。バスルームに向かうミワがすれ違いざま、テレビを指さし言った。

「このあいだロシアに落ちたの、やっぱり隕石だって」

数日前から、カザフスタンからロシア側に向かって落下する火球の映像が繰り返し放映されていた。仕事を終え帰宅して点けたテレビや携帯のニュース画面でも、白い尾を引きまばゆく落下してゆく光は、記憶に新しい。

直径六メートルのクレーターには衝撃の痕が残るのみ。石そのものは砕け散って周囲に飛散した。割れたガラスで千人を超える重軽傷の怪我人が出たというから、その衝撃波は相当だったろう。

ミワが用意してくれたスエットに袖を通しながら、窓の外を見た。大きな雪の粒が舞っている。上から降っているはずなのに地表から吹き上がって見える。

このぶんだと明日には積雪が四十センチを超える。去年の、嫌な記憶が蘇ってくる。テレビのチャンネルを天気予報に変えた。

石狩・空知・後志地方では、夕刻から降り始めた雪が明日も一日続き、予想される積雪は多いところで五十センチとなる見込み——

倫彦はスエットを脱いで、ベッドルームに放ったシャツとセーター、パンツを着込んだ。

濡れた髪を高々と丸めたタオルに包み、ミワがバスルームから戻ってきた。冷蔵庫のドアに手を伸ばし、なにを飲むかと訊ねる。直後、倫彦を二度見した。

「着替えたんだ」

「うん、今日は家に戻る。雪、ひどくなりそうだし。ＪＲが止まる前に戻ってないと、明日の除雪もあるし」

あれこれと理由を増やしたいのは、ひとつでは足りないと思っているからだろう。ここから立ち去りたい気持ちに蓋をして、うまい理由を欲していたところへの本降りの雪なのだった。

ミワが窓辺にやってきて「ほんとだ」とつぶやいた。

「夜のうちに一回除雪しておけば、朝が楽だから」

「一軒家って、雪の時期は面倒だよね」

曖昧に返事をして、腕時計を見る。地下鉄で札幌駅まで戻るとして、最終電車には間に合いそうだ。倫彦所有の一軒家は、さっさとシニアマンションに引っ越した親からの生前贈与だ。老親がその蓄えで老後を充実させようと生活のかたちを変えたことで、倫彦の進路が独立へと動いたのだった。

なのでこれから先の負債は、倫彦の不手際だ。

こんなとき拗ねて見せないのもミワの好いところだった。男に精神的な負担を与えないという点では、ミワの右に出る女に出会ったことがない。

マンションを出て地下鉄駅へ降りるまでの三分で全身に雪を被り、倫彦の手足はみごとに冷えた。背中が冷える前に車両に乗り込めたのは幸いだ。ぬくぬくと暖房のきいた車両に揺られていると、睡魔が襲ってくる。大通駅で乗り換えて、札幌駅からはＪＲを使った。

泊まるつもりで札幌に出たのだが、雪のせいで帰る羽目になった。

明日のディナーの仕込み時間までに戻ればいいところを、除雪という理由をつけて早めた。直接の罪悪感は、ない。ミワが倫彦を責めない限り、罪悪感は生まれない。

二十五分間車両に揺られ、最寄り駅に着いた。案の定、札幌の街中よりもはるかに雪が積もっていた。駅から出てタクシー乗り場に向かう間にパンツの裾が濡れて重たくなる。玄関の前に立てかけた除雪スコップで、新聞配達が困らぬくらいの道をつけておいた。残りは明日だ。

日付が変わってから戻った家は、すっかり冷え切っていた。二階建ての家の、今は一階部分しか使っていない。使う場所のみストーブで暖める。

ミワはいまさら、こんな家で暮らす気にはならないだろう。

倫彦の胸に諦めともいいわけともつかない思いが降り注いだ。どう心を振っても、この家でふたりで暮らすという想像ができない。

はっきりとしたプロポーズをしたこともなかったが、そうなるのだろうと暗黙のうちに了解しているふうでもある。たとえ結婚するつもりであっても、自身の仕事に便利な場所にマンションを構えてしまうのが赤城ミワという女なのだ。

誰に属するつもりもなく、誰かが属することを望まず、それぞれの道を大切に歩む。倫彦に与えられた自由に、降り積もる雪の明かりが影をつけた。

水曜日、ミワが赤いフィットで「ＲＩＮ」にやってきた。

一昼夜降り続いた雪は街の景色をがらりと変えて、片側二車線が一車線に、道の両側にはバス停の看板を軽く超える雪の壁ができた。

「すごいね、途中からずっと圧雪アイスバーン。二十キロも離れてないのに、こんなに雪の量が違うんだ」

「石狩川を挟んで、毎年どちらかが必ず雪にやられる。交互にいかないところで、丁半博打みたいなもんだな」

ピクルス用の人参を刻み終えて、ガラス容器に漬けた。丁半博打、の言葉にミワが笑った。へぇ、そういう言葉も遣うんだ——ふと、この寛容さに抗ってみてもいいような気がしてくる。

「客待ちの商売自体が博打みたいなもんだ。名前で客が来るデザイナーとは違うさ」

「名前で客を呼んでるってのは、心外。腕が勝負なのはお互い同じ」

ああ、とおかしな具合に頬が持ち上がる。倫彦の想像どおりの言葉が返ってきたのだった。

「店の図面、渡しておく。内装は自由にやってくれって」

オーナーは倫彦の腕を買って、駅前のビストロを街の名物にしようと言ってくれている。その話はミワを喜ばせただけではなく倫彦を救った。

「思ったよりも広いし、ライト次第でずいぶん表情が違ってきそう。まずは、シェフの希望をある程度聞きながら、いくつかラフを作るね」

はたと立ち止まった。

「希望っていうか、俺は動きやすい厨房と、設備さえ整っていればいい。店はミワのデザインが映えるように作ってほしい」

ミワが設計図を指さし言った。

「これからすると、厨房の什器や熱源の位置ってのはだいたい決まってきそうなの。わたしの出番は、リンさんが厨房の大きさを決めてから。カウンターで仕切る位置がはっきりしたら、動きやすいんだけど。どうかな」

厨房に使えるスペースははっきり線引きできる。ひとり客もいる店だし、カウンターは大切にしたい。ミワに言われてやっと新装開店が現実として迫ってきた。

「リンさん、最近心ここにあらず、って感じ。開店が決まって、なにか不安でもあるのかなって思ってたの。どこか調子、悪い？」

その問いは少し残酷で、いますぐ答えられたなら相当滑稽だ。首を横に振った。

「雪の季節って、いつもこんな感じじゃないかな。朝起きると、積もった雪にうんざりするだろう」

「わたしは子供のときからずっと雪の中転がって育ってきたから、あまり」

ミワはよく自身のことを「野生児」という。夏にドライブで連れて行ってもらった故郷は、そこに大きなダムがなければ時代がわからぬくらいの長閑な景色だった。

倫彦は出会ったころに聞いた話を思い出した。

――不意に、目の前にいる人の気持ちがこっちに落ちてくることがあるの。

聞こえるはずのない声が聞こえてくると言われれば薄気味悪くなるものだろうが、あの日は違った。

――だから、リンさんがわたしのことを気に入ってるって、いまわかったの。

うまいこと彼女の若さに取り込まれたかと、さして気にもせず来たのだったが。

いま倫彦が恐れるのはミワでもミワの勘でもなく、胸に浮かびくる思いに自身が溺(おぼ)れてしまうことだった。雪の白さがスクリーンになって、倫彦の移り気を映しては責めている。

「ちょっと見ではアイヌ紋様だと気づかれないくらいのレリーフを、壁に並べるのはどうかな」

「気づかれないようにする意味はあるの」

ミワは視線をいちど斜めに上げて、再び倫彦の眉間に合わせた。

「本能的に、好きではない人もいるの。ブランドとして立ち上げてからは表だって言葉にされたことはないけれど。ちいさいときからそういう場面を何度か見てきて思っただけ」

「ミワはそれでいいのか」

「デザイナーの自己主張より、環境に合わせた空間を作ることが先決でしょう」

赤城ミワが内装デザインした店舗をいくつか知っている。いずれも、北海道を前面に出している飲食店や、温泉ホテルだった。

彼女の名を知らしめることになったのは、五年前の北海道サミットにおける各国首脳への土産品だ。独自の色彩とアイヌ紋様を融合させ、日本伝統の風呂敷を作った。それが道内外で注目され、若き彼女がアイヌ民族であることも含めて新聞雑誌各紙誌で話題になった。

木彫りの熊とアイヌ装束しかイメージできなかった時代に、紋様デザインの独自ブランドを立ち上げて見せた功績は大きい。後追いで数人のクリエイターが出たものの、ミワの活動に肩を並べる者はまだ現れていない。

「忙しいのに、悪いな」

ミワの瞳が一瞬光ったように見えた。目を逸らせば簡単に見破るのだろう。倫彦にはまだ、逸らす勇気はない。

「ここだね」

ミワが最も広い壁に、赤い爪を立てて言った。

「白い壁にレンガ大のレリーフで二本の線を作って、このお店で出会う人たち、関係を深める人と人、店と人を表現しましょう。それ以外はシンプルに」

いいね、と応えたものの、実際のところ倫彦の想像は一枚の皿でしか換算できなかった。皿は大きくても小さくても、いかようにも食材でデザインできる。店を持てるまでになったことについては、多少のセンスはあったのだろう。しかし、それとてミワのように一生背負うほどのものではなかった。

彼女の背中にある民族の誇りたる紋様を見たとき、心の底から美しいと思った。こんな美しい紋様を背負って生きてきた女が自分の腕の中に在ることに、ある種の感動を覚えたのではなかったか。

赤城ミワの背中には、過去から未来へと繋がる美しい誇りが彫られている。

初めて背中を見せたとき、ミワは「嫌なら言って」とことわりを入れた。嫌なら、逃げてもいいと言われて逃げられるものでもない。その血にひれ伏すことしかできない男に、赤城ミワを抱く資格はないのだ。

「最高の——いままでで一番の壁にするから。楽しみにしてて」

倫彦の内側で、何かが乾いた音をたてた。咄嗟にロシアに落ちたという隕石を思い浮かべた。大気圏に突入したあとは熱と衝撃で砕けながら落下し続けるという、あの石だ。

いつだ——

自身の胸に問うた。俺が赤城ミワの内側で砕けるのは、いったいいつだ。

今日のミワはよく喋った。彼女の頭の中にはもう、おおよそのデザインが出来上がっているようだった。

「四月末の開店だったね」

「うん、大型連休初日の開店だ」

「間に合うよう、がんばるね」

倫彦が持ち帰り容器に詰めたローストビーフとピクルスを持って、ミワが店を出てゆく。日暮れが迫った白い街に、ミワの赤い車が遠ざかっていった。

急激に雪解けの始まった三月初め、建物オーナーがアルバイトを世話したいと言い出した。開店からしばらくは、ひとりでは無理だろうという。

初速が勝負だよと言われればそのとおりなのだった。倫彦は新店舗の開店にあわせ、帰宅してから寝るまでの時間のほとんどを新しいメニュー作りに使っている。オーナーは趣味で集めたCDから店内に流すサックスのBGMをセレクトしているという。

内装をデザイナーの赤城ミワに頼んだことを伝えると、驚きながらいったいどんなつてを使ったのかと問うてきた。知人の紹介と曖昧に答えたばかりに、会わせないわけにはいかなくなったのだったが、倫彦のよそよそしい態度であっさり見破られた。

雪解けが始まってからは、新装開店が急に現実味を帯びてきて、正直落ち着かなくなった。ミワはいくつかの仕事を掛け持ちしており、ここ十日は会える時間も取れていない。

午後になって大粒の雪が雨に変わった。軒に雨音を聞くのは久しぶりだった。倫彦が時計を気にしながらディナータイムの仕込みをしていると、遠慮がちにドアが開いた。

入ってきたのは身長もなくか細い少女だった。フロアのアルバイトとはいえ、皿を運んでテーブルにセットするには見かけより腕力が必要だ。オーナーもそこのところがわからぬわけでもないだろうに。

久保田幸生という名前だけで、すっかり男だと思い込んでいた。ユキオではなくユキミと読むのらしい。

「ごめんなさい、僕はてっきり男の子だとばかり。H大の理学部でしたよね」

頷きとお辞儀の真ん中くらいの肯定をして、久保田幸生の眉尻が少し下がる。申しわけなさそうな彼女の表情に、倫彦はもう一度謝った。

「お皿を運んだり、皿を洗ったり、厨房の後片付けとかも、けっこう体力が必要なんですよ。このくらいのフロアなら僕ひとりでなんとかなるけれど、新店舗はちょっと席数もあるんですよね」

思いのほかまっすぐな瞳を持った女だった。

「レストランでのアルバイトは初めてではないんです。もともと親が東京の下町で洋食屋をやっていて、ずっとそういう環境で育ったので。厨房の手順もそんなに時間がかからず覚えられると思います」

「就職も内定していると聞きました」

「来春から、G食品のバイオ研究所に」

大学院在学中に就職が決まり、一年後には東京に戻るという。語尾が重たくないのは好かった。コーヒーと言わせると北海道に育ったかどうか、すぐわかる。

「うちで働けるのは年内いっぱいくらい、ということになるのかな」

幸生の瞳がぱっと明るくなった。

開店の一週間前から新しい店舗の準備に加わってもらうことを決めた。

外は雨脚がつよくなっている。せっかくだからと、ランチに出しているビーフシチューと自家製パン、ピクルスとスープをワンプレートにして出した。

ひとくちスープを飲んだあと、スプーンを持つ手が止まる。倫彦は娘の反応が少し楽しみになっている。

「材料はパンですよね」

意外だった。ひとくちで食材を言い当てるのは難しいスープだ。キャベツ、タマネギ、コーン、ジャガイモ——人の味覚は実に頼りなく、思い浮かぶのはたいがい記憶にある味ばかりなのだ。

飲んだことがあるのかと問うた。幸生は涼しげな表情で、しかし自慢するふうでもなく「ヨーロッパを旅したときに、一度」と答えた。

バックパックひとつでフランス、イギリス、ドイツ、イタリア、ギリシャと、ひとり食べ歩きをしたのだという。

「フランスは、バターの味しかしなかったですね。クッキーはとても美味しかったけれど。ドイツの素っ気なさは、嫌いじゃないです」

　オーロラを見るためだけに北欧を旅したと聞けば驚くばかりだ。旅以外はすべて学業とバイトに明け暮れる。夏休みをすべて使って、毎年ひとりを楽しむ旅も、今年は無理なのだという。修士論文には時間もかかり、まとまった休みを取るのは難しい。

「なので、バイトのお話はとてもありがたかったんです」

　小柄というよりは華奢な少女にしか見えない彼女は、食べ歩きをするためにひとりでヨーロッパを旅する。

　倫彦は自分の凝り固まった人間観察にがっかりしながら、貸した傘を差して駅に向かう背中を見送った。幸生の話は、オーロラひとつとっても、その色が思い浮かんだ。言葉の選び方と順番がいいのだ。接客にはありがたい特性だった。

　オーナーに電話を入れて、礼を言った。

「いいだろ、あの子。H大の教授いちおしの人材だってさ。期間限定ってのも、安心だ」

　そのくらいならミワがやきもちを焼かぬだろうと声を落とす。男の気遣いは、ときに少し意地が悪い。

ミワからメールが入っていた。

――バイト決まった？　こちら、やっと壁に使うレリーフの終着が見えてきたところです。店のどこから撮っても写真映えするはず。楽しみにしててね。

倫彦の内側が妙なバランスを取り始めた。安定と安心と、期待と冒険。他人に見えぬ懐にはいろいろな感情を満たしていないと、すぐに不安の風が吹きそうだ。

ミワがデザインした「ＲＩＮ」の内装は、倫彦の希望も取り入れて全体が白とグレーに近い木目で統一されていた。仮店舗の営業は三月いっぱいとし、四月からは本格的に什器を移し厨房を整える。

厨房の前には六席ぶんのカウンターを作った。この数ならば、ひとりでも捌ける。

木のレリーフには波形の彫刻が施してあった。幅にして八メートル、腰高の白い壁に、レリーフをはめ込んだ二本のウェーブが現れる。店内に入るとまず目に入るのがミワのデザインした壁だ。

白い壁一面に広がる赤城ミワのアート作品は、倫彦もまだ見たことがなかった。

什器を設置し終えたところで、壁と格闘するミワも手を止めた。壁の左上からゆるやかな曲線を描き二本の線が下降し、上の一本が壁の終わりの中ほどで止まる。

レリーフに施した彫刻も同じデザインだが、どれもタッチが違った。

アイヌ紋様が大切に継承してきたものから半歩飛び出た「ミワ・ライン」と称される独特の曲線だった。

公式の場でははっきりとした顔立ちに負けぬくらいの衣裳で、いつもどこかに赤を効かせるミワも、仕事をするときはジーンズにトレーナー、ライトダウンのベストという作業服だ。

倫彦はミワが目の前で仕事をする姿を新鮮な心持ちで眺めている。

「六割、できてきた。あとは壁にはめ込んだ木をコーキング材で補強して、ライティングで影をつける。人の目に触れたときが完成なの」

ミワは壁の前に背丈ほどもある脚立を置いて、床に敷いた保護シートの上に座り込んだ。外は晴天で、今日は十五度に届く気温になる。倫彦はこの三日間、朝から作業を続けるミワに食事を運び、壁が仕上がってゆく様子を見守っている。

ふたり紙コップに注いだコーヒーを飲みながら、床に座り壁を見上げた。ミワの隣にいると、体温が倫彦の方へと流れ込んでくるような気がする。

壁に現れた二本のラインは同じ出発点にありながら、ゆっくりと間を広げてゆく。後の広がりを表現するためか、持ち上がってくる一本には見えぬ一本が尾を引きながら寄り添っているのがわかる。

「いいね。作り手の包容力が伝わってくる。ミワのデザインはそこが魅力だっていうのを、日経の記事で読んだ」

「あまり難しいことは考えてないいんだけどね。インスピレーション、それしかない」

「ミワ・ラインだ」

「そんなふうに、言われてるらしいね」

「ブランドって、あとからついてくるものなんだろうな。自意識を保ちながら新しいものを意識するって、実は難しい。メニューを作ってても思うよ。新しいかどうかなんて、客が判断するものなんだろうし」

「判断を他人任せにできなくなってからが、闘いなの」

無意識に「つよいねえ」とつぶやいていた。おそらくそのつぶやきにいちばん驚いたのは、倫彦自身だ。

「つよいって、褒め言葉じゃないと思うな」

穏やかな反論には、返す言葉がなかった。

紙コップを倫彦に返し、ミワが立ち上がった。再び作業に戻る彼女の背中に、民族の誇りを描いた帯が透けて見える。つよいねえ——声にしてしまった失言が、胸の内側にちいさな染みを残した。

声をかけづらい空間を作ってしまったのは、倫彦のほうだった。午後、ミワは足りなくなったコーキング材を買い足すついでに一度札幌に戻ると言った。

「プレオープンまでには、接着剤や材料のにおいも消えるように予定を組んである。あと二日もらえれば仕上がるから。お手洗いの壁にかける作品はわたしからの開店祝いだから、請求書には入れないでおくね」

駐車スペースから出てゆく車には、うっすらと黄砂が積もっていた。風が車道の脇に溜まった融雪剤を舞い上がらせる。

改めて壁に描かれたラインを眺めた。春の風にのって運ばれ流れてゆくもの、それを支え見守るもの。ミワ・ラインが表現し続けてきたものの大きさが見える。微かな音をたて、換気システムが作動する。倫彦の気持ちの着地点を探すように、ミワ・ラインが無理のない風を見せる。好きになった日よりも、喧嘩したときよりも、倫彦が謝らねばならなかった日よりも、胸が苦しかった。

内装仕事の最終日、次の現場に急ぐミワを見送ったあと、倫彦は手洗いの個室に掛かった作品を見た。

木のレリーフに、ダウンライトが影を作っている。店舗に飾ったものとは逆のラインが描かれていた。


プレオープンをひかえた一週間前から、久保田幸生がバイトに入った。桜前線が北上しており、このぶんだと開店日には満開となりそうだ。

四つのテーブルと椅子の位置のパターンをいくつかノートに書き込みながら、それぞれのパターンに合わせた動線を確認する。隣のテーブルと干渉しあわぬ位置を探し、木目の床材に目立たぬようテーブル位置の決定シールを貼った。

視界を確かめるために、幸生を椅子に座らせてみる。倫彦はひとりでこのフロアをまわしてゆくときのために、いちいち厨房に戻ってテーブル環境を確認する。

座ったまま壁を見て、幸生がため息をつく。

「おしゃれなお店ですよね。この壁も、贅沢なアート。こんなに大きな赤城ミワ作品は、見たことないです」

オーナーの知人や今回の店舗作りに関わった人々を招いてのプレオープンに、赤城ミワも来るのかと問われた。

「来るよ。きっとまた、客人たちの視線をぜんぶ持って行くだろうね」

「ネットのインタビューでしか見たことないけど、エキゾチックできれいな人ですよね」

この壁を見た誰もが同じ質問をする。

「お忙しい人だって聞いたけれど、どういう繋がりでお願いできたんですか」

「店のお客さんだったの。頼んだら、いいよって」

「会えるんですね。嬉しいな」

無邪気にミワについての知識を披露されれば、うつむき苦笑いするしかないのだったが。

新メニューとワインのストック、必要な情報について、幸生は二日間で頭にたたき込んできた。たいがいの質問には答えられる。最低限これだけは覚えてきてほしいという要望にしっかり応えられるアルバイトは、いままでいなかった。

褒めれば、「日本語で書かれてあるのでだいじょうぶです」という。

「日常会話くらいしかできない言語で専門的な文章を理解していくのはきついですけれど、日本語ならなんとか」

白いシャツに黒いパンツとロングのエプロンウェアを身に着ければ、ビストロのギャルソンになる。髪の毛はすべて後頭部でまとめ、ワックスで固めてあった。洋食屋の娘に生まれたというのは本当らしい。

トレイの位置を決め、水を届けるところから注文を取る順番、動作、メニューの説明、ワインのテイスティング。本来食べることが好きだという彼女の所作には無駄もない。

「教授たちのいちおし、って本当だったんだなあ。たいしたもんだ」

「バイトの経験が活きて嬉しいです。旅の資金を稼ぐのにいろいろやりましたし」

「いちばん儲かったのは、なんだったの」

幸生は表情を変えず「セカンドですね」と答えた。それはなにか、と訊ねてしまうくらい倫彦も無知だった。

「配偶者、あるいは彼女以外の異性でいることです」

まるで教科書の欄外にある本文説明のような回答に面食らいながら「ああ、そう」と返した。動悸を悟られず、かつそんなことを気にしてはいないという態度を保つのは困難で、ひとつ息を吐いたあとは素直に「驚くね」と口にして楽な方へと流れた。

幸生はそんな反応の内側を覗き込むこともせず、トレイのグラスを席まで運び、そこで水を注ぎ入れる練習を続けている。そして涼しげに言うのだった。

「研究に必要だったといえば、まあまあな理由になるんですけれど。お金になるというのは大切な要素、ではありました」

幸生の研究は「遺伝子」だった。Y染色体の有無で性別が分かれるが、そのY染色体の作用が人間の実生活でどのように現れるのか。

「現代的にY染色体を理解したいなって。実際のY染色体っていうのは、すごくちいさくて、ほとんど遺伝子が乗っていないんです。唯一の働きは生物をオスにすることくらい。XXYもいれば、XYYもいるとなると、もはや性別というのは見える部分の肉体差異なんです。性染色体っていうのは、もともと異常が起こりやすいものなんですよ。だから、本来真っ二つに割るのは難しいんです」

一度聞いただけでは理解できず、どういうことかと問うた。

見かけは男女の別があっても、性的成熟の訪れない性があるということだという。

「一定数、いらっしゃいます。そのことで悩んでいる方も含めて」

幸生は性差についての込み入った話題を避けるように、アメリカの刑務所における半世紀以上も前の論文の話をした。Y染色体が多くなると攻撃性が増す、という説だったが、今はもう信憑性が失われているという。

「これは余談ですけれど、Y染色体ってのは父から男の子へと確実に男系遺伝するんです。ゲノム解析をすると、中央と東アジアではひとりに由来するY染色体の比率が高いんです。内モンゴルでは二五％で、起源は十二世紀。これはおそらくチンギス・ハンのY染色体ではないかと言われてます」

攻撃性という言葉はいまの自分にとっていちばん遠くにあるように思えた。攻撃性を充分に活かしきれない場所に長く留まっていると、その能力は退化したりしないのだろうか。

「そういう場合もあるかもしれません。メンタルって環境で左右されますし。実際、本人も気づけない自己っていうのは多くあるわけで。それで、セカンドという客観からシンプルな場所での攻撃性の在処なんてものを考えるわけです」

なるほどね——今度は倫彦がこの会話を続けることから逃げた。過剰に興味を持って質問を続ければ、途端に身ぐるみを剝がされそうだ。足りない食材はないか、冷蔵庫の前に貼ってあるリストを確認するふりをしてフロアに背を向けた。

四月末プレオープン当日、オーナーや両親、建設関係から市議会議員まで、立食でのパーティーが開かれた。女性客も二割はいるのだが、やはり人目を引くのは赤城ミワだった。

赤のぴたりとしたミディワンピースに真珠のロングネックレス、足下はゼブラ模様のハイヒールだ。顎の下で切りそろえた豊かな黒髪が、ライトにつややかに光っている。

ミワが現れると、みな名刺を持って順番待ちになった。見慣れた景色のなかに、見慣れぬ女がいる。ふたりの関係を知っているのはオーナーひとり。誰もが壁を見ながらミワに作品の感想を述べる。

立食なので、カウンター全体を使って今後「ＲＩＮ」で出してゆく料理を、ある限りの皿を使って並べた。ぐるりと壁に沿ったベンチ風の段差には、軽く腰掛けることもできた。この段差を考えたのはミワだった。

――今後、わたしの個展もできるといいなって。

八品の料理をすべて出し終えるころは、フロアの挨拶と雑談も落ち着いた。オーナーが倫彦を呼んで、改めての乾杯をする。このときばかりは、ひとことでも口を開かねばならなかった。

「お陰さまで無事明日から新店舗での営業が始まります。無事この日を迎えられましたこと、心からお礼申し上げます」

拍手のあと、オーナーがミワを呼んだ。赤城ミワが手がけた店となれば、今後話題も尽きることはないと持ち上げられ、少し気詰まりな笑顔を浮かべている。グラス片手の挨拶は短いのがいい。ミワの内側のぼやきが聞こえるようだ。

「とても楽しい制作期間でした。タイトルは『アプンノ　パイエ』といいます。無事に行ってほしい、という願いを込めたアイヌ語です。このような機会をいただけたことに感謝いたします」

二本の線が、出会いからゆるやかにお互いの居場所を守り、浮き沈みを風に任せていた。ミワがグラスを軽く上げると、拍手が起きた。

アプンノ　パイエ――倫彦は、壁のアートに付けられたタイトルを今夜初めて聞いた。

帰りがけ、両親がそろってミワに頭を下げていた。ふたりの関係をミワが先に告げるとも思えない。紹介するのなら今日がチャンスとわかっていながら、倫彦はそれをしなかった。

ミワが店を後にする直前、片付けの手を止めて久保田幸生を紹介した。

「初めまして、久保田といいます。ギャラリー・トレモロでの個展、拝見しました。素晴らしかったです」

「ありがとうございます。個展、いつかここでも。またゆっくり食事に来ますね」

幸生と握手をして去ってゆく赤城ミワには、幸生の内側に吹く風が見えていたのではないか。そんな想像を許すくらいに、堂々とした笑顔だった。

オープン初日から、一か月先の予約が満杯となった。話題に上れば日ごと予約数は増えてゆく。予約内容によっては、席を確保できないことも多い。

ミワとはラインのやりとりだけで、それもすぐには返信できないことが多くなった。忙しいのはいいことよ、と言われればそうだが、一か月会わない日が続いたのは初めてのことだった。

ひと月分のバイト料に少し上乗せして、幸生に渡した。若さのなせる業なのか、思った以上の働きをする子だった。部屋に戻って、論文を書き、ひと眠りした朝には資料読みが始まると聞くと、その体力に唸ってしまう。

「この数日、シェフが倒れないかと気になっていましたけど、大丈夫そうで安心しました」

「そんなに疲れて見えたかな」

「バイタルサインが下がってる感じは、しました」

　バイタルサイン、と言われて思わず吹き出した。

　帰り支度を終えて、スマートフォンを手にした幸生の動きが止まった。

「電車が止まってる。踏切で人身事故があったみたい」

「しばらくは復旧しないな」

　うぅん、と唸ったあと幸生が言った。

「すみません、復旧するまでお店にいてもいいですか。パソコンは持ち歩いているので、今日の予定はなんとか。施錠はちゃんとして帰りますから」

　倫彦は厨房の目立たぬところに置いたデジタル時計を見た。もう十一時だ。最終電車の時刻になっても、復旧は難しいだろう。

「タクシー代くらい、出すよ。新さっぽろなら、五千円もかからないだろう。タクシー、呼ぶから」

　二社、三社と電話を掛けたが、ひとあし遅れたらしくどこも繋がらない。

「私は始発で帰ります。シェフはもう、お家に戻って休んでください」

はいそうですか、とは言えなかった。店は不用心だよ、とたしなめるような口調になる。こんな場面で、自分がなにを守ろうとしているのか頭の芯がぼやけてくる。壁に視線を移せば、ミワの描いた風がゆるやかに下降していた。

「家まで、ここから歩いて十分だけど、嫌じゃなければ。店にいるよりいいと思う。始発で戻るのなら、そのほうが僕も安心だ」

あれこれと言葉を付け足すのもはばかられた。人畜無害を主張するには、相手が悪い。

「わかりました。ありがとうございます」

札幌市のベッドタウンには、ビジネスホテルもなかった。スーパーと飲食店は多いが、観光やビジネスは札幌圏に拠っている。ふたり店を出て、線路向こうにある家へと歩き出した。電車が止まっているので、線路脇も静かだ。

東の夜空に数日欠けた月があった。電柱を一本やり過ごしては、話題を探す。欠け始めた月が照らす場所へと向かって歩いているような、心細い夜道が続いていた。

部屋にある限りの照明を点けて、壁の時計に表示される温度を見た。昼間あまり陽が差さないうえカーテンを下ろしっぱなしの一階リビングは、室温十八度。暖房を入れるかどうか迷う。

この一か月、店との往復で家事にはほとんど手を付けていなかった。風呂場からない。

首に提げてきたバスタオルがソファーに放られたまま、掃除機もしばらく使ってい

「なんだか生活感たっぷりで申しわけないんだけれど」

そこかしこにある無精の名残をかき集めて部屋の隅にまとめた。寒くないかと問うと、だいじょうぶと返ってくる。思い直して、部屋の隅にあるストーブに火を入れた。ひとり臭も気になってくる。落ち着いてみれば、閉めきった家の湿気や生活ならばそのままふすまの向こうにあるベッドにもぐり込めばいいことだったが、今日はそうもいかない。

スマートフォンを覗き込んでいた幸生が顔を上げる。

「やっぱり今日中の復旧は無理みたいです。助かりました」

「いや、気にしないで。僕が車の運転ができればいいことなんだけど」

免許は持っているが、運転が向いていないと気づいて早々にやめた。そんなことを説明するのも面倒で、お湯を沸かしに台所に移動する。

棚からドリップの道具を取り出し、カフェインレスのコーヒーを淹れる準備を始めた。タクシー会社に電話してみる。やはりどこも繋がらなかった。

茶渋の付いていないマグカップをゆすぎ、温めたあとコーヒーを注ぎ入れた。湯気が濃い。やはり家全体が冷えているようだ。集中暖房が主流になる前に建てられ

た家だ。寒ければ家族が茶の間にいればよい。倫彦が幼いころはまだ、両親とひとり息子の団らんがあった。

夜更けに他人がいるのは、ここ数年ではミワくらいだった。雪道を往復させるのも心配で、冬場はたいがい倫彦が札幌へ出て会うのだったが。ミワはどうしているだろう。今日に限って、ラインも入っていない。

幸生にコーヒーカップを渡したあとは、できるだけ彼女から離れられる場所へ移動した。ストーブの近くがいちばん遠い。テレビのリモコンを手に、天気予報のチャンネルに合わせた。

北海道地方は、快晴――

太陽のマークが広がる画面の左上に、そろそろ日付の変わりそうな時刻表示がある。物音に振り向くと、幸生が膝の上にノートパソコンを置いてなにか打ち込んでいる。

倫彦は隣室の押し入れから毛布を三枚引き出し、幸生の座るソファーに置いた。

「台所はお湯が出るようになってるから。論文、大変だね。無理しないで――って、無責任なこと言ってるな」

ありがとうございますと礼は返ってくるが、その表情を見ることは叶わなかった。顔を洗うつもりで一歩離れると、「いま、」と幸生が呼び止める風もなく話し始めた。

「ジェンダーと能力、資質、性格との関連とかは、とてもセンシティブで。社会的に叩かれる可能性が極めて高いんです。だから、まともなサイエンスがなされないにちがいない分野なんですけど」

声が低く、少しばかりかすれている。

「ひとの感情を無視しないと研究なんてできないんですが、ひととしての自分がすり減るんです。常に他己分析をしているような感じです」

他己分析、と問うた。自分が見た自分と、他人から見た自分をすべて言葉にし、されてゆく作業と聞けば、正直うんざりする。幸生は少し間を置いて、抑揚なく言った。

「正直、生きた人間の心理を研究に使えるほど、わたしはタフではありませんでした。就職を決めたのも、そういうことなんです」

「逃げたんです」と言いつつどこか開き直っているような気配のなか、彼女の口からミワの名が出た。

「知ってたのか」、がっかりする理由はない。けれど床にこぼれた自分の言葉を拾う気にもなれない。

「オーナーから」と、幸生がやっと顔を上げた。こちらの気が滅入(めい)るくらい、晴れ晴れとした顔をしている。

どこに向けてか軽い憎しみが湧き、それは細いながら束となって倫彦の内側を縛り始めた。いいんです、と彼女が言った。ノートパソコンを閉める音。明日は晴れ。次の情報が入るまで、同じ映像を流し続ける天気予報。幸生がバッグにパソコンを滑り込ませた。

その日倫彦は久しぶりに、ほくろのひとつもない女の背中を見た。

幸生は「気にしないでください」と笑みひとつ残し、始発に間に合うよう家を出た。急ごしらえで作ったサンドイッチを持たせて見送ったあと、倫彦はすべて夢であるようにと祈りながらもう一度眠った。そして眠れてしまえる神経を、目覚めたときに嗤（わら）った。

眠りこけずに済んだ定休日、久しぶりに札幌でミワに会った。

大通公園にはもう、夏の風が吹き始めている。たまには外の空気を吸いましょうと提案してきたのはミワだった。

ミワがナイロンバッグから取り出したフランスパンを、少しずつちぎっては石畳に放る。すぐに鳩がやってきた。一羽、二羽、その数はどんどん増えてゆく。

「硬くなっちゃって、もう食べられないから」

開店からの賑わいを喜ぶミワの声が、屋外の喧噪に馴染んでいる。緑が増した景色、集まり来る鳩、ふたりの座るベンチの前を行き交う夏服がまぶしい。

「来週から地方の仕事がはいっててね、しばらく道東に行ってくるの。古い旅館の改装。建築の勉強をしておいてよかった。欄間とか床の間とか、そういう場所に地元らしさを出したいっていうの。すてきな仕事」

「しばらく、ってどのくらい」

「一か月くらいかな」

いまそれを告げるには理由があるのだろう。倫彦にも、ミワにも予感がある。不実な時間を演技でカバーするのは、お互いの負担になる。

「忙しいのは、悪いことじゃないと思う」

「リンさんもがんばってるし、と思って」

「会えないことも、会わないことも含めて、時間ってのはありがたいもんだな」

倫彦が誠実でいられなかった時間は、これからの関係を確実に蝕んでゆく。パンをちぎりながら、ミワが諦めを滲ませた口調で言った。

「気にしなくたって、いいのに」

女がふたりとも、似たような言葉を使った。倫彦は不誠実な心の隅で驚いていた。

「なにを、気にしなくていいのか。僕は、そんなにできた人間じゃない」

「戻ってきても、もうこうやってリンさんに会えないのか」

うん、と頷いた。

「お店には、行ってもいいんだよね」

倫彦の変化を、本人より先に察知できる勘を持った女だった。

「ああ、振られちゃった。悔しいなあ」

鳩がふたりの足下でフランスパンをついばんでいる。こんなに無心に目の前のことに夢中になれたら、よそ見などしなくて済んだのだ。

南からの風が木々の葉を揺らした。

吹き下ろし、やがてまた空に戻る風だった。ミワが壁に描いた「アプンノ　パイエ」。「無事に行きますように」の願いが込められているのではなかったか。風がどこへ向かうのか、途切れた先に予感を残している。あの壁をきっかけにして、ふたりに吹く風が方向を変えたとすれば皮肉だった。

アプンノ　パイエ

——無事に　行きなさい

それは「さようなら」にあたる言葉を持たない民族の、別れの挨拶だった。

もう、肌を重ね終えたときの不安に遭わずに済む。

ただ単に怖かったのだと、風が教えた。

海鳴り遠くに

窪 美澄

夏は一日中、海岸で過ごした。

海を、波を、ただ見ていた。

短い夏が終わり、曖昧な秋が来て、冬になった。

冬はあの人が亡くなった季節。心がきゅっと縮こまる。

夫を亡くして三年が経った。私は三十八になった。結婚を機に仕事をやめたが、今もあの人が残したもので経済的に困ってはいない。今、私が暮らすこの千葉のはずれの小さな別荘もそうだ。あの人が残したもののひとつ。近所づきあいはない。子どももはいない。一日、一日の区切りははっきりとしておらず、いつの間にか昨日が今日になっている。

同い年の夫。十年間の結婚生活。熱いお風呂に入り、脳の大きな血管が切れてそのままだった。救急車を呼んで、病院に運ばれて、それから先の記憶はあまり定かではない。気がつけば、私は喪服を着て、火葬場の銀色の扉の前にいた。

あの人の気配がまだ濃密なあのマンションにはいたくなくて、別荘暮らしを始めた。

別荘とはいっても平屋建て、六畳、八畳、台所に風呂、トイレがあるだけの簡素な住まいだ。この別荘を買ったのは結婚して二年目の夏だった。別荘を持つような身分ではない、と説き伏せようとしたが、あの人はきかなかった。冬にも来たことはあるが、海風の寒さにすぐに音をあげ、来るのはもっぱら夏になった。ここでとれた魚や野菜を食べ、あの人は一日中海にいた。私は泳げない。だから、浅瀬で浮き輪につかまっているしかない。あの人は、どこまでもどこまでも遠くに泳いでいってしまう。自分の楽しみがいちばんで、子どものように夢中になると私の存在など忘れてしまうところがあった。

勝手な人だったな。

そう思うのに、目から自動的に涙が零れる。けれど、感情から出た涙ではない。これはただの反射。あの人のことを思い出す→自動的に涙が出る仕組み。心は悲しくもせつなくもない。熱すぎる炬燵（こたつ）に足を突っ込んで、天板の上に突っ伏して、波の音を一日中聞いている。そうやって砂時計の砂がさらさらと落ちるように、日々を溶かして生きていた。

天板の上には海岸で拾った貝殻や小さな流木や、波に揉まれて角のとれたシーグラスが点々と置かれている。海に行けばそんなものを拾ってきてしまう。何に使うわけでもないのに。

玄関のベルが鳴った。

携帯で時間を確かめる。午後二時過ぎ。

いつもなら居留守を使ってしまうのに、なぜだか体が動いた。なぜかはわからない。寂しかったからかもしれない。

「はーい」と言いながら玄関ドアを開けると、一人の女性が立っている。黒い長いダウンコートに埋もれるような小さな白い顔と細身の体。私よりは若い。二十代後半くらいだろうか。目ばかりが大きい。眉毛の上、まっすぐに切られた前髪。髪の長さはダウンに隠れてわからないが、かなり長いように思えた。形のいい唇には色はなく、皮がめくれて浮き上がっている。両手はポケットにつっこんだままだ。

「あの、隣に」

そう言って彼女は右手をポケットから出し、西の方向を指す。少し距離があるが、確かにこの家の隣、といえる場所には、この家と同じような平屋の別荘が建っている。夏には誰かが住んでいた気配があるが挨拶などを交わしたことはないし、ましてや冬には誰もいないはずだ。

「隣にしばらく住むことになった佐伯（さえき）といいます」

そう言って軽く頭を下げる。

「……………」

突然の来訪者、久しぶりに生身の人間に会ったので咄嗟の言葉が出てこない。

「あのそれで、来た早々、トイレが詰まってしまってですね。どこに連絡すればいいのかと」

そう言われて慌てた。

「ああっ、それなら……ちょっと待ってください」

言葉が口をついて出るが、所々嚙んでしまう。慌てて短い廊下を走り、台所、冷蔵庫の扉に貼っていた管理会社の連絡先のメモを手にして、再び玄関に戻った。そこに立ったままの彼女の顔色はさっきより白い、というか青い。

「あ、あのもしかしてトイレ？」

「すみません！　貸していただいてもいいでしょうか？」

彼女は手にしていた紙袋を私に押しつけ、クロックスもどきのサンダルを脱ぎ、玄関を上がる。まるで野原を駆ける野兎のよう。

「廊下の突き当たり、風呂場の横です！」

彼女の背中に声をかけ、私は玄関ドアを閉めて、彼女のサンダルを揃えた。玄関の上がり框に彼女が手にしていた紙袋を置く。私は台所に立ち、流しに置いたままだった食器を大きな水音を立てて洗った。彼女の話が本当で、来た早々、トイレが使えなかったとしたら随分つらかったことだろう。でも、もし本当じゃなかったら？　トイレから出て来た彼女に襲われでもしたら？　素性のわからない人間を家に入れたことで、私の頭がネガティブに傾く。悪い癖だ。彼女はそんな人じゃない、はず。そんなことを考えながら、皿の泡をすすぎ終わる頃、流水音とともに彼女がトイレから出て来た。ほっとした顔をしている。さっきより明らかに顔色もいい。

彼女が両手で顔を覆う。左右の爪には黒いネイルが施されていて、所々剝げてはいたが、その色が彼女の手の白さを際立たせていた。

「恥ずかしい私……」消え入りそうな声で言う。

「ここの別荘、古いでしょう。水まわりはいろいろトラブルが多いの。いつか私もお借りすることがあるかもしれないし。気にしないでぜんぜん」

さっきより随分舌がまわるようになった。

「本当にごめんなさい。でも助かりました。膀胱が破裂しそうで……いや、そんなことを言いにきたんじゃないんです。あ、私、紙袋」

「ああ、ここに……」

私は玄関から紙袋を持ってきて彼女に渡した。

「すみません！　これをお渡ししたかったんです」

そう言って紙袋を差し出す。有名なバターサンドが入っていた。

「あ、私、これ好き」

「すみません。ぜんぜん洒落たものでもなくて。東京ばな奈じゃないものを探したんですけど」

「いただいていいの？」

「もちろんです。あの、私、引っ越しのご挨拶に来たんでした。トイレを借りに来たんじゃなくて。私、佐伯と言います。佐伯絹香（きぬか）。絹が香ると書いてきぬか。舞妓みたいな名前ですよね。着物屋の娘でもありません。冬の間だけ知人から隣の家を借りて……春まではここにいる予定です。いろいろお聞きしたいこともあるんですけど、今日はご挨拶だけにしておきます」

「私は中野恵美（なかのえみ）といいます。恵むに美しいと書いてえみ。一人でここに暮らしています。春が過ぎてもここにはいるつもり。えっと、何か困ったらここに」

そう言いながら、台所のテーブルの上にあったメモ用紙に携帯の番号を書いた。

「えっ、いいんですか。こんな初対面のわけのわからない女に。じゃあ、私も」

そう言って絹香はポケットから携帯を出し、メモを見ながら私の番号に電話をかける。隣の和室の炬燵の上で携帯が鳴っている。

「あれが私の番号です。私、でも、またすぐ連絡してしまうかもしれません。何しろ、冬の海がこんなに寒くて怖いなんて、知らなかったんで！」

私は曖昧に笑った。

「ああっ！　ずっと住んでる方に怖いなんて失礼ですよね。本当にごめんなさい」

絹香がぺこりと頭を下げる。

「本当にありがとうございました！」

静かにドアは閉まり、絹香は去っていった。ふと不安になって玄関ドアを薄く開け、絹香の背中を見る。だんだんに小さくなり、そして隣の家の敷地に入っていった。とりあえず、悪い人ではなかった。ふーーーーーと肺の深いところからため息が出た。小さな台風が家の中の空気をかき混ぜていったようだった。台所の流しで残りの皿を洗ってしまう。タオルで手を拭き、隣の和室の炬燵に足を突っ込んだ。部屋の隅、ローチェストの上にある亡くなった夫の写真にちらりと目をやる。本当なら仏さま（夫のことだ）にあげてから、なんだろうけれど、まあ、いいかと思いながら、包み紙を開いた。おなかが空いていた。普段は滅多に口にすることのない、バターと砂糖と小麦粉でできた重量感のある菓子の欠片（かけら）が、胃のなかに落ちていく。

「これ、あの人も好きだったな」

そう思いながら、ひとつをさくさくと瞬く間に食べてしまう。今日は随分と喋った。文字数にしたら何文字になるのだろう。そんなことを考えていたら携帯がいきなり震えた。メッセージが一件。絹香からだった。

「さっきは本当にありがとうございました！」

しばらくその文字の並びを見ている。近すぎる関係は苦手だ。それでも返事をしないのはバツが悪い。「いえいえ、お互いさまですから」そう打ったあとも、なかなか送信できない。これが正解なのかわからないし落ち着かない。だから、誰かが自分の生活に介入してくるのは嫌なんだ。そう思いながら、私は二つ目のバターサンドの包みを開けた。


朝起きて、白湯（さゆ）を飲んで、林檎ジャムをのせたトーストとヨーグルトとカフェオレの朝食を食べ、軽くストレッチをして、海辺を歩く。行けるところまで行って戻ってくる。それが毎日の習慣になっている。時間はまだ午前八時にもなっていないはずだ。今日は風が強く、けれど、どこか湿気を含んだような生温かい風で、分厚い雲が随分と岸のほうに張り出している。午後には雨になるのかもしれない。海には誰もいない。空と海と私だけ。それでもふいに耳をかすめる声がある。

「あなたが真之（さねゆき）の健康管理をしなかったから」

夫が亡くなったあと。義理の母にはいろいろな方向から責められた。まだ、四十にもなっていない働きざかりの一人息子の死。彼女は納得していなかった。納得するような答えが欲しかったのだろう。私もそうだった。夫に死の兆候はなかった。直前の人間ドックでも何も指摘されなかった。酒量も多くはなく嗜（たしな）む程度で、喫煙の習慣はなかった。週末はジムに行き、適度な運動を欠かさなかった。そんな人間でも調べる方法を変えれば死の原因に辿りつけたのかもしれない。幾度もそう考えた。

　葬式で一人、会社の若い女性が取り乱して泣いていた。彼女だったのかもしれない、とふと思った。死の兆候は彼にはなかったが、浮気の兆候ははっきりとあった。例えば、探偵事務所などに依頼をすれば、すぐにその証拠は明白なものになったはずだ。けれど、私はそうしなかった。そういう存在がいてもいい、とまでは思えなかったけれど、そういう存在がいるかもしれない、と想像しても私の心は凪いだままだった。愛が消えた？　幾度も自分にその問いを投げかけた。

　体のまじわりはもう、その二年前から消失していた。いくら彼に求められても私の体は開かなかった。彼を受け入れる準備を私の体が拒否してしまうのだ。けれど、彼のことが嫌いになったわけでもない。ただ、まじわりはもういい。一度そう思ってしまったら私の体は頑固だった。

　その頃から、彼の夜の長い不在が始まった。自分が彼の体を拒否したくせに、結局、夫婦とは、体のまじわりがなくなれば簡単に崩壊するのだな、と教えられた。

それでも、私たちは夫婦、という役を降りなかった。社会のなかで生きていくには、そのほうが楽だったからだ。とはいえ、私は結婚と同時に仕事をやめていた。社会とのつながりもそこで切れた。元々、仕事も会社も好きではなく、結婚と同時に主婦という役割を手にすることができたのも、彼の給与が高かったからだ。そのことに甘えた。たとえ夫婦が、家庭が、形骸化したものになっても、世間の目を欺くことはできる。

「いったい何をして過ごしているの？　毎日毎日」

眉間に皺を寄せながら仕事と家庭生活を両立させている大学の同級生には皮肉まじりにそう聞かれた。何を？　毎日、家のなかを清潔に保ち、料理をするだけで私はくたくただった。夫が帰ってこない日が増えても、いつ彼が帰って来てもいいように、夕食や朝食を作り続けた。家に帰ってこない夫の代わりに、彼の分までそれを食べ続ける私は体重が増え続け、医師からも痩せるようにと指摘されるほどだった。

体形すら変わってしまった私を見ても夫は何も言わなかった。けれど、その夏はもう別荘に行こうとは言わなかった。妻の水着姿などもう見たくはなかったのだろう。体重は夫が亡くなってから自然に元に戻ったが、体形は四十が近くなるにつれ、崩れていった。けれど、それももうどうでもいいことだ。

海は凪いで、朝日をとろりと照り返している。何度か挨拶以上の言葉を交わしたことのある五十代くらいの男性、吉田さんが向こうから近づいてくる。軽く会釈する。私を見てまぶしそうに目を細める。彼もまた、私と同じように、この海のそばで何をして暮らしているのかわからない人間だ。彼はいつも何か言いたそうな顔をしている。私はそっと自分のまわりに結界を張り、飛び越してくるな、と心のなかで願う。

「こんにちは」

そう言って会釈をして足早にすれ違った。まるで何か、大切な用事でもあるように足早に。

今日もまた、私は海岸で薄桃色の貝殻を拾い、ミントグリーンのシーグラスを拾い、それをポケットにしまった。

私の家から一本道を挟んだ国道沿い、歩いて十五分ほどのところに小さなスーパーマーケットがある。運転免許がない私にとっては、このスーパーがなければ生活できない。店長とも店員とも知り合いで、私の日々の会話はほぼ彼らとの会話だけ、と言ってもよかった。

簡単に掃除をしたあとにスーパーに向かう。一回の買い物で二日か三日分の買い物をしてしまう。そうすればその分、家にこもることができる。

「やあ、今日は早いね」

閑散とした店の中に入ると、店長（私より十歳くらい年齢は上だろうか）が声をかけてきた。従業員は彼のほかにレジの中年女性がいるばかりで、それ以外の仕事はすべて店長がしているのだと聞いた。

「午後から天気が崩れそうって言うから」

「今日は蕪がいいよ。あと、魚は金目、平目、寒鰤、しゃぶしゃぶ用の豚肉もいい」

生鮮食品の新鮮さは確かにこのスーパーの売りだった。金目に寒鰤に豚肉、それから大量の野菜、果物を買ったら、籐で編んだ買い物籠がいっぱいになった。それを見て店長がつぶやく。

「うちとしちゃあ助かるけど、女一人の買い物じゃあ……いや、なんでもない。今のは忘れてください。俺あ、うちの大事なお客さんになんてことを」

「ぜんぜん気にしていない、そんなこと。私が全部一人で食べるのよ。むしゃむしゃと」

笑いながらスーパーを出た。

指に籠の持ち手を食い込ませながら家までの道を歩く。目の前を一人の女性が歩いている。見覚えのある黒いロングのダウンコート。後ろから見ると、背が高い。

多分、百六十そこそこの私より高いのではないか。背中のあたりまで伸ばした髪をゆるく三つ編みにしている。右手には白い薄いビニール袋。私がさっき行ったスーパーでは多分ない。もっと先のコンビニの袋だろう。丸く膨らんでいるが、ここからでもカップ麺や袋麺の派手なパッケージが透けて見えた。右手の指を見る。黒いネイル。確かに昨日の女性、絹香だ。私は声をかけなかった。そのまま後ろを歩いて、彼女をもっと観察していたかった。けれど、私の視線に気づいたのか、いきなり彼女が振り返る。驚いた顔をして立ち止まる。私は早歩きで彼女に近づいて言う。

「トイレどうでした？」

絹香が情けない顔をして笑う。

「入居直前にはなんでもなかったんだから、そっちの責任だろうって。ネットで調べて修理屋さんに来てもらったんですけど、大金とられました。あはははは」

「それはそれは」

「もう毎日、ここにいる間は毎日これですね」

そう言って右手でビニール袋を掲げる。プルダックポックンミョンの袋が見えた。

二人並んで別荘が建っている一角まで歩く。

「ここにいる間って、やっぱり春まで……？」

「個展が五月にあって、だから冬の間はたくさんの絵を描かないといけないんですけど、それがなかなか……」

「絵を描く……画家さんなのね。私、画家という人に人生で初めて会ったかも」

絹香の顔を見ると、頬と耳がみるみるうちに赤く染まった。

「画家なんてそんなえらそうなもんでもなんでもないんです。東京にいたときはひどいスランプで。でも描かないといけなくて。それであの別荘に……」

そのあとは二人、何も話さずに歩いた。海からの鋭い風が耳元で金属的な音をたてる。私の頭のなかで浮かんだ言葉があって、それを言葉にしていいものだろうか、と迷っていた。でも、それを口にしてみたかった。絹香の反応を見てみたかった。

「あのね、私はあの家に一人で暮らしているの。絹香さんさえよければ今夜、お夕飯、うちに食べにこない？　あなたがね、隣でラーメン食べているのかと思うと私も落ち着かない。体にもよくないでしょう。……絹香さんさえよければ……」

「あ、絹香でいいですよ」

その言葉にぐいと絹香が近づいてきた気がした。絹香は黙って私の顔を見ている。一重の切れ長の目。眉上すれすれに切った前髪が風であおられて白い額があらわになった。途端に少女の顔になる。その顔にじり、と心が動いた。もう幾年も動くことのなかった心のなかの場所に光が射した。

「私が、何か差し出す必要がありますか？」

「何か？」

「……」

「お金をもらおうなんてまったく思ってないし、私はあなたを拐かす犯罪者でもないし。宗教やマルチの勧誘もしない。自分で言うのもなんだけれど、私は無害な人間だと思う」

まったくわかってないな、という顔で絹香は口角を上げた。その顔になぜだか、かすかに傷ついたのも事実だった。

「伺います。ほんとうにいいんですか？」

「もちろん。時間は午後七時くらいで。もし何かあったらメッセージをください。ただ、こんな誘いをしておいてあれだけど、私は料理はそれほどうまくないし、口に合わないかもしれない。でも、今、新鮮な魚を買ったばかりだし。プルダックポックンミョンよりはいいと思う」

絹香が笑った。私もつられて笑った。私の家が見えてきた。

「じゃあ、七時に」

絹香が軽く頭を下げる。絹香に見守られるようにして私は家に入った。

手を洗い、買ってきた食材を整理して、生鮮品を冷蔵庫に入れて、点けっぱなしの炬燵に足をつっこんだ。まだ昼にもなっていない。炬燵の過剰な暖かさですぐに眠気がやってくる。携帯に午後一時に起こしてくださいと告げて、私は炬燵に足を突っ込んだまま体を横たえ、目を閉じた。

うつらうつら、夢と現実の世界の狭間にいた。いくつかの夢の断片を見た。水着姿の夫。胸毛とすね毛から滴る海水があまりに醜く見えて目を逸らす。けれど、現実にそんなことをしたことはない。夢のなかの私は私のありのままだ。何にも擬態する必要がない。

自分が、女を好きなわけがない。自分自身をそう納得させたくて、まわりにもそう思われたくてした結婚だった。女が好きな自分が怖かった。夫にはもちろん誰にも言ったことはないが、私は女性とつきあったことが二度ある。大学時代の十九、結婚前の二十四。そのどちらも相手から好かれる形で始まった。好きだ、とそう言われても、自分が女性を好きになるわけがない、つきあい、というものが始まってからも、私はそう思い込んでいた。これは恋じゃない。男性とつきあったこともある。十八のときには生まれて初めて彼氏ができて、肉体関係を持った。なんの感情もわかない肉体のまじわりは私が不慣れなせいだと信じ込もうとした。女性とつきあっていても、私はいつか異性愛の、多数派の世界に戻るのだ。そう思っていた。

それでも、戻れないかもしれない、と思ったのは、彼女たちと体を交わしたときだった。生まれてから感じたことのない圧倒的な快感が体を貫いていった。男性と体を交わしたときには得られなかった安心感、やさしさ、ひと肌のやわらかさ。私は女の体に魅了され欲情した。だから、怖かった。女性を知る前の自分に戻りたかった。女性との関係を続けていけば、今のように空虚な私ではないもうひとつの人生が続いていたかもしれないのに。それなのに、私はその世界の扉を閉じて、こちら側に戻ってきてしまったのだった。そうして、母の知り合いから紹介された夫と出会い、結婚をし、彼の妻になり、何食わぬ顔で生きてきた。けれど、彼に体を開くことができなくなってから、もしかしたら彼は気づいていたのかもしれないと思ったことがある。

「君は僕のことが嫌いだろう?」

彼と裸で向かい合っているとき、唐突にそう言われた。いつもと同じように、私の体が開かない、とわかると、彼は私の横にごろりと体を横たえてこう言った。

「眉間に皺を寄せて、くちびるを嚙んで、いつも耐えている。君がそうやって押しとどめているのは、いつかやってくる大きな快楽じゃない。歓びの声をあげようともしない。いつも男を憎んでいるような顔をして。君は最初から僕を自分の世界に入れることを拒絶しているんだ」

そうじゃない、という意味で首を横に振った。彼が私の頰を片手で摑んだ。彼が強引に私のなかに入ってきた。同意のある性行為でなかった。怖かった。恐怖の声をあげることもできなかった。そういうところが大嫌いだ。そう言えない自分が情けなかった。この夜以来、彼は私の体に触れなくなった。

性の不一致。世間の言葉にあてはめればそういう事例になるのかもしれなかった。お互いの体に触れあうことがなくなっても私たちは夏になればこの別荘に来て、夫婦のようにふるまった。けれど、海に入れば、浅瀬の私をおいてけぼりにして、沖のほうまで一人で泳いでいってしまうようになったのもこの頃からだった。

午後七時ちょうどに玄関ドアのベルが鳴らされた。

「本当に来てしまいました」

「お待ちしていました」

そう言って絹香を部屋に招き入れた。彼女の髪が海風に吹かれてもつれている。彼女はそれを乱暴に手のひらで撫でつけると私の顔をみて、にいっと笑った。炬燵の天板の上にカセットコンロを置き、その上に鍋を載せて、寒鰤のしゃぶしゃぶを柚子とポン酢で食べてもらうつもりだった。あとは今日買った地元の野菜をなんでも小さくカットしてオリーブオイルとバルサミコ酢であえたサラダ。どちらも料理とは呼べないような代物だ。

「あのこれ……」

絹香が日本酒の瓶を差し出す。日本酒にはくわしくないから、それが高いものなのかどうかもわからなかった。

「いいのに、こんなこと」

「別荘の台所にあったの、適当に持ってきてしまいました」

そう言ってまた笑う。

「気を遣わないでね。まあ、座って。今日は冷えるでしょう」

絹香に炬燵に入るように促すと、

「炬燵……」と目を丸くする。

初めて炬燵に入る人のようにおそるおそる足を入れる。

「あったかー」

そう言って笑顔を見せる。猫のような、小さな薔薇（ばら）が開いたかのような微笑みだった。無防備なその笑みに胸の奥がくしゃりと痛む。

「まあ、料理とも言えないものなんだけど、よかったら」

そう言いながら私は絹香の小皿にサラダを載せた。

「鰤はね、しゃぶしゃぶの要領で」

私は一切れをつまみ、昆布で出汁（だし）をとった湯のなかで揺らして見せる。鰤の身はすぐに白く色を変え、それを絹香の皿に載せた。

「今日の鰤はずいぶん脂がのっているみたいだから、好き嫌いはあるかもしれないけれど、まあ、食べてみて。まず柚子を搾って、次にこのポン酢を」

言われるままに絹香は鰤の切り身に柚子を搾り、ポン酢をかける。箸をとってぱくりと口にした。

「おいしい！　なんですかこれは！」

目を見開いて私を見る。

「魚が新鮮だから。私の料理の腕じゃない。でもお世辞でもうれしいよ。お酒は冷たいままでもいいかな」

口をもぐもぐさせながら絹香が頷く。私は絹香が持ってきた日本酒を二つの杯に注いだ。私は酒はほとんど飲めない。絹香は杯をぐいっとあおった。

「よかった。変な酒じゃなかった」

私は舌を出し舐めるように口にした。

「子猫すか！　それ」

そう言って初めて二人で声を合わせて笑った。声を出して笑うのなんて何年ぶりだろう。久しぶりの他人、それも昨日知り合ったばかりの女性との食事。緊張しないといえば嘘になる。それでも暖かい炬燵に二人で足をつっこんで、温かい鍋を囲んでいれば、心は緩くほどけた。

絹香と二人で瞬く間に用意した料理を平らげてしまった。一人で食べていたって、それなりの量は食べてしまうのだけれど、今夜は心の隙間に詰め込むように食べているわけではなかったから、食後も罪悪感がない。心もすっかり満たされていた。

「あれ、旦那さんですか？」

お酒で顔を赤くした絹香が部屋の隅を指差す。チェストの上に置いた笑顔の夫の写真。仏壇はない。

「そう。三年前に亡くなったの」

「それからここに？」

「うん……」

「あ、だから恵美さん白檀の香りが」

「えっ、そんなに？　毎朝お線香あげてるから」

「嫌な香りじゃないですよまったく。そういう香水だと思ったくらいだから」

「……自分じゃわからないもんなんだね」

「一人で」

「えっ」

「……一人でいすぎたんじゃないですか。長い間」

ぐいっと絹香がこちら側に入ってきたような気がした。ほぼ初対面の相手なのだから、聞きようによっては失礼な言葉に聞こえる。いつもなら、それをはね返して、自分を閉ざすような言葉を咄嗟に吐くのに、今日はそうしなかった。代わりになぜか目尻に涙が湧いた。流れるほどの量ではない。それに私は滅多に人前で泣く人間ではない。夫の葬式で私が涙を見せないので義母に嫌味を言われたほどだった。涙が湧いたのはさっき舐めた日本酒のせいかもしれなかった。

「余計なことを言ってすみません。……でも恵美さん、旦那さんという人がいた人だったんだ、って」

絹香がどこかしら怒ったような口調で言う。

「ふーん……」

そう言ってまた絹香は自分で日本酒を注ぎ、杯をあおる。

「なあに」

「……いや、なんでも」

そう言う口がどこか子どものように尖っている。

「次はうちに来てくださいよ。絵を見せます」

「私に絵を見せてくれるの？」

「恵美さんだから見せるんです。見知らぬ女にトイレを貸してくださったご恩は一生わすれませんから」

そう言って歯を見せて笑った。綺麗な歯並びだった。

「それにプルダックポックンミョン、なかなかおいしいですよ。私作ります。お湯注ぐだけですけど」

「初めて食べるの」

「おいしいですって」

私の顔を覗き込むように顔を傾げ、私の目を見て笑った。くちづけしてしまおうか。ふいに湧き上がってきたそんな思いを瞬時に打ち消した。何を馬鹿な。あまりに性急な。けれど、もしかしたら、もしかしたら絹香も同じ思いを抱え、私と同じように打ち消したのではないか。そんな気がした。

「私、そろそろ行きますね。これから夜じゅう絵を描くんです」

「私が眠っている間に絹香さんは創作活動するのね」

「……そんなたいそうなもんじゃないんです。ただ……」

いつまで待っても絹香はその先を口にしなかった。

「帰ります」

そう言って立ち上がる。黒いダウンを羽織る。玄関の外まで送ると、絹香が携帯のライトを点けた。遠く、海は黒く塗りつぶされて、どこからが海なのかもわからない。荒い波の音だけが鼓膜を震わせる。

「もうここで。寒いから大丈夫です。ごちそうさまでした」

波が絹香の声を聞こえにくくする。私は大声で言った。

「夜の海は怖くない？　ついていこうか」

絹香が私の耳元で言った。

「一人で恵美さんが帰るかと思うと、今度は私が家までついていかないと、という気になります。そうすると、二人とも永遠に家に帰れない」

二人で笑った。

「家に着いたらメッセージをちょうだい」

「子ども扱いされるのは嫌い」

絹香の言葉から敬語が消えた瞬間だった。絹香の顔が近づき、私の頬に荒れたくちびるが触れた。まるで挨拶のキスのようだった。ロケット花火が着火したように、ヒュッと音がして私のどこかに小さな火が灯ったのだった。正直なことを言えば、絹香に会った瞬間から心はもうとらえられていた。けれど、いつもの癖が顔を出していた。その感情を自分で封印してしまう。とはいえ、と私は思う。私はもう一人だ。夫も死んだ。誰に遠慮する必要があるというのだろう。女が好きな自分で何が悪いのか。女に恋する女でどこが悪いのか。

そのとき携帯が震えた。

「怖かったけど無事に着きました。ごちそうさま。おやすみなさい」

絹香からのメッセージだった。その文字の並びが愛おしいと思う。

その夜は冬至でもないのに、夕飯で使わなかった柚子の実を風呂に入れて浸かった。丁寧に二回髪を洗い、いつもはしないトリートメントまでした。髪を洗い流し再び浴槽に浸かる。浮かんだ自分の体を見下ろしながら、まだそれほど悪くはない、と思う。体形は若いときのまま、とは言えないが、自分の体に熱い血液がめぐっていることに感謝せずにはいられなかった。夫が亡くなったときのあの体の冷たさ。いつか自分にも死が訪れるだろう。それは明日なのかもしれないが、それならそれで、今を生きてみたかった。誰かを愛して生きてみたい。そんな欲望を抱いたのは思い出せないくらい昔のことだった。

絹香のくちびるが触れた頰に濡れた指で触れる。その指にくちびるで触れた。建て付けの悪い浴室の窓が海風で揺れる。心細くなるような音がする。絹香はこんな夜にこんな音を聞きながら、絵に向かい合っているのかと思う。その横顔をただじっと見つめていたい。そんな欲望が私の体を侵食していった。

なんのにおいかはわからない。

けれど、絹香の部屋に入った途端、はるか昔、高校の美術室でこんな香りを嗅いだような気がした。私の住む部屋と絹香の住む家の間取りは変わらないが、私が炬燵を置いている和室は、絹香の家では洋間になっていた。部屋の中央にはこれも昔どこかで見たような丸い石油ストーブ。その上に置かれた赤い薬缶から湯気が噴き出している。壁に立てかけられた幾枚ものキャンバス。イーゼルの上の絵を見た。何か具体的なものが描かれているわけではない。抽象画のようだった。塗り込められた油絵の具は、光を描いているようにも、水を描いているようにも見えた。

「絵のことはなんにもわからないの。なんて言ったらいいか……」

「私もわからないんだから当然」

そう言って絹香は笑った。もう何種類の絹香の笑顔を見たのだろうと思う。目がカメラならいいのに。今の笑顔を瞳のシャッターで私の脳裏に永遠に残しておきたかった。

壁の時計は午後六時過ぎを指している。外はもうすっかり暗い。

さっきまで爆睡していたと笑う絹香の頬になぜだか指のあとがついている。あくびをしながら絹香は台所から柄の違うアンティークらしい紅茶茶碗を乗せたトレイを持ってきて、ティーバッグの紅茶を淹れてくれた。絹香は自分のカップに生クリームとガラスの壺に入った砂糖を大量に入れる。私にもその壺を差し出すが、「ううん」と首を振って断った。「おいしいのに」と絹香は残念な顔をした。絵を生み出すには脳にも糖分が必要なのだろうか。

「でも、すごいね。こんなにたくさん絵を描くなんて普通の人にはできないこと」

絹香が私を蔑(さげす)んだような目で見る。胸がちくりとした。

「やめてやめて。そんなどこかで聞いたような言葉聞きたくはない。なにもすごいことなんかない」

そう言いながら再び絹香は台所に向かい、プルダックポックンミョンのカップ麺を持ってきた。絹香が言う。

「ねえ、本当に食べるの？」

「だってごちそうしてくれるって言ってたじゃない？」

絹香が私を横目で見ながらパッケージを剝ぎ、テーブルの上に置いて、石油ストーブの上の赤い薬缶から湯を注ぐ。部屋には音楽が流れているが、アップテンポの曲がかかるとプルダックポックンミョンが出来上がる時間になるまで絹香が手足をむちゃくちゃに動かして踊った。今日は三つ編みもしていない髪が揺れる。絹香の手足が長いこととリズム感はないことはよくわかった。

「時々こうしないと頭がおかしくなる」

そう言いながら、絹香がカップの湯を台所に捨てに行き、蓋を剝いで、ソースを半分だけ入れる。

「初めて食べるんでしょう？　だったらこれくらいで」

「辛いのは平気」

「そう。なら」

意地悪に私を見ながら、絹香がソースを全量入れ、割り箸でぐるぐるとかき混ぜる。まるで魔女が何かの毒薬を作っているかのよう。出来上がったプルダックポックンミョンを絹香が私に差し出す。初めて食べたプルダックポックンミョンは予想どおりの味がした。そもそもインスタント麵を食べるのはいつ以来になるのか。味が濃い。口のなかがひとつの味に支配される。その後に、激しい辛さが来た。唇も舌も口の中も腫れているような気がした。

「おいしい……」

「また、そんな心にもないことを言う。嘘、嘘だよ。おいしいわけがない。こんなジャンクフード」

私の手からカップを奪い、残りを絹香が食べ始める。あっという間に平らげてしまった。口のまわりをティッシュペーパーで丁寧に拭き取る。私のほうは、といえば、口のなかの辛さはまだ続いていた。台所から絹香が水の入ったコップを持ってくる。水の滴るコップに口をつけ、勢いよく半分ほど飲んだ。喉元のあたりに絹香の視線を感じた。

「おなか、壊すよ」

「胃腸は丈夫なの」

「無理して、おいしいだなんて」

私も口元をティッシュで拭いて言おうと思っていたことを一息に言った。絹香と初めて食事をした夜から考えていたことだった。

「これから、夕飯は私の家で食べて」

「えっ、そんなわけには」

「あなたの体が心配。気が向いたときだけでもいい。……私も一人の食事にはもう飽き飽きしているの。うちで食事をして、あなたの家に帰って、あなたは朝まで絵を描けばいい」

「命令は嫌い」

「あなたと食事がしたいの。それだけの理由じゃだめかな」

「……………」

絹香はしばらくの間、黙っていた。心なしか口のまわりが腫れているような気もした。その先の食道や胃の粘膜がどんな状態になっているのか考えると恐ろしかった。

「食べて」

「うん」

「食べて、やる」

二人睨み合うように見つめあっていて、先に絹香のほうが吹き出した。

「生意気なんだね」

「そうじゃないと絵なんて描けない」

何かを言い返そうと考えていると、椅子に座った絹香が立ち上がった。そして、ふいにまるでぶつかるように、彼女が座っている私に近づいてきた。腕を伸ばして彼女が私の頭を抱く。絹香の腕のなかに私の頭はすっぽりおさまってしまう。絹香のセーターからは油絵の具と石油ストーブのにおいがした。それがいかにも彼女らしいと思った。

そうして、絹香が私の家にほぼ毎日やって来て、夕食を食べるという日々が始まったのだった。二人分の食料を購入し続ける私を見て、スーパーマーケットの店長は目を丸くした。けれど、何も言いはしなかった。萎(しぼ)んだ紙風船のようだった私の生活が丸く膨らみ始めた。息を吹きこんだのは絹香だった。

夫のことを思い出す回数は日ごとに少なくなっていった。朝に線香をあげるときには思い出しもしたが、その瞬間だけだった。そうして一カ月が過ぎた。きりきりと締め上げるような厳しい冬の空気が、ふいにゆるむときを感じた。以前よりも潮のにおいを強く感じる。冷たい風のなかに春の気配がある。季節が巡ってきたのだ。けれど、春が来れば絹香はこの別荘を離れると言っていた。私はどこにも行く気がなかった。いつかやって来る絹香との別れに対する恐れが、少しずつ私を支配していった。

「東京では月の半分は新宿のバーに勤めているの。新宿二丁目のバー。今は休みを貰っているけれど」

アトリエで二人座ってコーヒーを飲んでいるときに絹香が言った。

「私は美大も出ていない野良の画家なの」

そう言って笑う。

「画家だけでは食べていけなくて。でも、少しずつ絵を買ってくれる人は増えて。だけど、急に絵が描けなくなって。個展があるのに。それを見ていた人がこの家を貸してくれてね。まあ、パトロンみたいな年配の女性なんだけど」

「……」

ちくりと、みぞおちのあたりを小さな針で刺されたような痛みを感じた。

「いや、純粋にお店によく来てくれる人で、恋人でもないし、肉体関係もない」

私の顔を見て放った言葉ではないから、絹香の言葉が宙に浮いたようになった。

「嫉妬してほしいなあ恵美さんに。今、すっごくそう思っちゃった」

絹香の瞳が猫の目のように光る。天井からひとつだけ吊された電球の灯りが彼女の輪郭をぼんやりと形作っていた。

「ねえ、嫉妬した恵美さんを見せて。床をごろごろと転げ回るくらい嫉妬してほしい」

「ここで？」

私は床を見た。絵の具や絵筆、クロッキー帳や汚れた布など絹香の絵を描く道具で足の踏み場もないのだ。

「嘘。冗談」

立ち上がった絹香のくちびるが私のくちびるに触れた。すぐに私から離れようとする絹香の後頭部を私は抱えた。耐えきれず深いくちづけをする。拒否されたら、すぐに彼女の体を解放するつもりだった。絹香をいじめてやりたい、という気持ちと、どこまでも絹香を愛でてやりたい、という気持ちが共存していた。その気持ちを知ってか知らずか、絹香は私から離れない。彼女が私のひざの上に跨がり、向かい合う形になる。

見つめ合いながら、彼女の黒い糸のように細い髪を撫でた。絹香が自ら黒いセーターを脱ぐ。ヒートテックのような下着もブラジャーも彼女が自らの手で剝いだ。

青い血管がところどころ透けた白い肌。私は目の前にあった赤い茱萸のような乳頭を甘嚙みした。絹香が声をあげる。彼女が私の手をとって隣の部屋へと誘う。壁もシーツもベッドカバーもなにもかも白い病室のような部屋だった。絹香が私が服を脱ぐのを手伝う。すぐにシーツで隠したが、それを笑いながら絹香が剝いだ。彼女の舌が私の体の至るところを開いていく。彼女の細い指が私のなかに入ってきたとき、耐えきれず声が出た。私はあふれて、どんなことをされても準備が整っていた。絹香の体にくちづけをくり返し、指とくちびると舌で触れた。互いに声をあげながら、私たちは互いの体をまさぐりあった。絹香の体は熱かった。そうしてまたふいに思い出した。亡くなった夫の冷たい体。頭に浮かんだその場面を振り払うように私は両手で顔を覆った。絹香がその手を外そうとする。

「私のことだけ考えて。私のことだけ見て。上の空はいや」

私の体の上にいる絹香が私の目をのぞき込む。その瞳のなかに私が映っている。絹香の瞳のなかにも私がいるのかと思うと、愛しさと同時にせつなさが体に満ちてゆく。寂しいわけではない。絹香と体を交わした歓びがあふれ出して、今が終わることが怖かった。

二人、満たされて、抱きしめあって短い間、眠った。先に起きたのは絹香のほうだった。

「今日はここにいて、私が絵を描く間、ここにいて。でも描いているときは私のことを見ないで」

「要求の数が多いのね」

「たったふたつだよ」

私は頷き、巻き戻されたフィルムのように、再び服を身につける絹香を見ていた。彼女は私の手の甲にくちづけをして、そっと部屋を出ていった。私は裸のままシーツにくるまった。絹香の残り香を味わっていると、隣の部屋からほんの小さな音で音楽が聞こえてきた。ドビュッシーの夢想という曲ではなかったか、と思いながら私は眠りに落ちた。その瞬間に屋根を強く叩く雨の音が聞こえたような気がした。

気がつくと夜は明け、絹香が私の隣で体を丸めて寝ていた。雨はもうやんだのか、カーテンの隙間から漏れた朝日が壁に奇妙な模様を作っていた。この部屋のなかで、冬の光のなかで、絹香は完全な生きものだった。髪を撫で、その横顔を見つめた。頬に青い絵の具がこびりついている。私はそっとベッドから抜け出し、服を身につけて、彼女の頬にくちづけし、部屋を出た。

帰り際、絹香が絵を描いている部屋で、イーゼルに乗ったキャンバスを見た。ここに来てから描いた絵だろうか。絵のことなど何もわからないが、それは最初に見た絹香の絵よりも力強く、あたたかな血が巡っているように思えた。

雨に濡れた海岸を砂に足をとられながら歩いた。波は引いて、沖のほうできらきらと光っている。鳥が、私がいつまでも名前を知ろうとしない鳥が一羽、空を回旋している。空気には昨日よりさらに春の気配が濃厚に含まれている。朝の光のなかで、私はしあわせだった。ここに暮らして、こんなに満たされる日が来るとは思わなかった。私に必要だったのは誰かのぬくもり。いや、絹香のぬくもりだったのだ。砂浜に半分埋まったような小石を掘り出して、汚れた手も気にせず、遠くに放り投げた。砂に埋まっていた石は再び海に戻った。年数をかけて波にもまれ、予想もしない形になるのかもしれない。自分のどこかもそんなふうに変わるような、そんな気がした。満たされた気持ちに軸足はあるのに、春になったら絹香はいなくなる、という現実が私を悲しくさせた。

この繋がりにはいつか終わりが来る。春が来れば絹香は都心に戻る。そのとき、いったい自分はどうするつもりなのか。この家を出て、再び都心で暮らす気持ちは湧いては来なかった。始めてしまった絹香との関係をどうするのか。空気はすでに春の気配を纏(まと)っているのに、その答えが自分でもわからない。けれど、自分のなかで絹香の存在の重さは増していて、彼女がいずれ自分の元を離れると想像したら、自分の体が引き裂かれてしまうような気持ちになった。

絹香が絵筆の動きを止める日には、彼女の家のベッドで一日中過ごした。二人、裸のまま、シーツにくるまり、ドライフルーツの入ったパンやチーズを齧り、ワインを瓶のまま飲んだ。絹香がワインを口に含んだまま、酒の飲めない私に深いくちづけをする。飲み込むことが間に合わなくて、ワインが口の端から溢れた。そのワインを絹香がくちびるで辿る。私の体は存分に開かれて、どこにも隠しようがなかった。

女二人抱き合って、私たちはひとつだった。満月のように、どこにも欠けたところがない。風に吹かれた砂が窓にぶつかる乾いた音がする。遠い海鳴り。今、もし大きな地震が起きて津波が来たら、海辺のこの家などひとたまりもない。けれど、絹香と二人、海中に引きずりこまれてしまうのなら本望だった。

眠っている私を絹香がスケッチすることもあった。恥ずかしさに耐えかねて、私は代わりに絹香の顔を携帯で撮った。彼女が顔をしかめる。

「銃で撃たれてる気がする、携帯で写真撮られるの。その嘘みたいなシャッター音も嫌い」

「……ごめん」

「写真を撮られることが嫌いなだけ。でも恵美ならいいの」

「そんなこと言ってもらえて光栄」

「本当にそう思っている？」

「もちろん」

シーツの中にキャミソール姿の絹香が入ってくる。冷たくなった体を私はさすった。

最初に抱き合った日よりも、絹香の体は骨ばったところがなくなって適度な丸みを帯びていた。私が食べさせている食事のせいかもしれなかった。

午後にはベッドを抜け出して、海岸を歩いた。週末の海岸には、サーファーを始め、普段よりもたくさんの人がいた。私たちは手を繋ぎ、抱き合い、人の目がないところを選んでくちづけをした。私は人の前でそんなことをしたことがない。誰に見られてもいい、とまでは割り切れなかった。そんな私に絹香が苛立っていることもわかった。やってきた波を彼女が黒いブーツで踏みつける。子どもの水遊びのようにも見えるが、顔は険しい。泥がコートに飛んでも気にすることなく、絹香はステップを踏むように波を踏み続けた。ふいに立ち止まり、絹香が私を抱きしめる。冷たい両手で私の頬を挟み、顔を傾ける。小鳥のついばみのように絹香のくちびるに触れ、すぐに体を離したが、そのあとにちぇっ、と軽い舌打ちが聞こえた。

吉田さんが前からやって来た。彼は私たちからさりげなく目を逸らす。まるでそこに私たちなどいないかのように。かまうものか、とは思えなかった。世間を生きる顔、私の顔にはまだそれが強く張りついていた。

「こんにちは……」

私が声をかけると、

「こんにちは」

と消え入るような声で返事をしてくれた。そうしていつものように私たちから去っていった。

「馬鹿野郎馬鹿野郎馬鹿野郎」

絹香はくり返しそう言って、波打ち際をめちゃくちゃに踏み潰している。馬鹿野郎は私のことだろう。そうわかっているのに、絹香には何の言葉も返してやれなかった。

部屋で夕食を食べていたときだった。その日の絹香はどこか落ち着かない様子だった。彼女という人を理解するにつれ、描いている絵の進捗具合でそうなるのだ、と理解はしていたが、その日の絹香の言葉はいつにも増して尖っていた。

「恵美のこの部屋は嫌い。恵美の旦那さんに監視されているような気がするもの」

そう言って鋭い目で絹香は写真立てのなかの夫を睨む。その日、彼女は立て続けにビールの缶を空けていた。私は立ち上がり、台所の冷蔵庫から缶ビールを二本手にして、炬燵の天板の上に置いた。

「結婚していたって何？　恵美は男とも寝られるの？」

「そうじゃない」

「そうじゃないって、どういうこと？」

「自分のことがまだよくわかっていなかった。その頃はまだ。結婚しても自分は生きられると思っていたの。でもうまくはいかなかった」

「そんな結婚、誰も幸せにならない」

「そのとおりだよ。誰も幸せにならなかった。幸せじゃないまま、あの人は死んだの。それは多分、私のせい」

私が彼に向き合っていれば、彼の突然死は防げたのかもしれない。それはいつも私の頭のなかにあったことだった。絹香が手にしていた空き缶をくしゃりと潰す。

「恵美のこと、何も知らない。何が好きで何が嫌いなのか、恵美は自分で話さない。心の扉をかたく閉じて。なんか、そういうのずるくない？　私が聞くのをいつも待っている」

「君はいつも受け身だものな」

亡くなった夫の声が耳をかすめた。そう言って彼にも責められてきた。もうたぶん、絹香との日は数えられるほどしか残ってはいないだろう。だから、こんな衝突でこの夜を台無しにしたくはなかった。私は立ち上がり、夫の写真立てを手にしてそれをチェストの中にしまった。

「私に気を遣ってそんなことしているの？　恵美が飾りたいのならそこに置いたままでいいじゃん。本当の恵美はどこにいるの？　私にはそれが見つからない。恵美のほんとうを見せてくれないのは、私がもうすぐここからいなくなるから？」

「そうじゃない」

「その引き出しのなかの旦那さんや、私みたいにみんなただ恵美を通り過ぎていくんだものね」

「通り過ぎていっただけじゃない。みんな、私のなかに、あと、を残していったよ」

「あと？」

「足跡のあと……」

「傷痕の痕だって本当はいいたいんでしょう。……どっちにしたって私はもう」

「……」

「恵美にとって過去の人なんだ」

そう言いながら絹香が立ち上がった。

「そうじゃない。私たち、まだ終わっていないよね」

私は思わず、絹香の腕を摑んだ。絹香がそれを振り払う。こんなふうに終わらせたくはない。古い女のように私は絹香の足を摑んだ。私の腕のなかからずるりと足を抜いて、絹香がジャケットを片手に部屋を出ていこうとする。足早に玄関でスニーカーを履き、背中を向けて絹香が言った。

「私は明日、あの家を出る」

「えっ」

「絵はもう全部描き終わったの。だから私は東京に帰る」

「なんでもっと早く……」

「恵美と会ったときから春になったら東京に帰ると言っていた。もう季節は春だよ。私が東京に帰っても、恵美はこの家を出るつもりはないでしょう。その勇気もないでしょう。私が絵を描き終わるのを待っていたみたい」

そう言われて返す言葉もなかった。絹香の手で乱暴に玄関ドアは閉められた。追いかけていったほうがいいのはわかっている。絹香もそれを望んでいるはずだ。けれど、体が動かなかった。絹香は将来有望な若い絵描きだ。私のような存在がいては足手まといになるのではないか。まず考えたことがそれで、自己嫌悪に陥る。絹香のことを考えているようでいて、結局のところ恐ろしいのだ。女を愛する女である、という本当の自分を見せて生きていくこと。それができない自分。黒い靄(もや)のようなものが頭頂部から吹き出してくるような気がした。そんなことを考えているうちに夜は更けていく。こんな時間になっても、絹香が夜の波打ち際をたった一人で踏み散らしているような気がした。

一度は振り切ったつもりだった。けれど、絹香がいなくなったあとの心の穴はどうやっても埋まりそうもなかった。季節は巡り、夏が来て、海が賑わうようになった。絹香が住んでいた隣の別荘には若い家族連れが来ているようだった。私が会釈をしても返されたことはない。気持ちの悪い女が一人で住んでいると思っているのかもしれなかった。

夫の写真はあの夜以来、チェストにしまったままだった。線香すらあげていない。もう三年以上の月日が経ったのだ。十分だ、と思った。写真を見なくなってから、彼の顔がぼんやりとし始めた。けれど、夢にはしばしば彼が登場した。季節はやはり夏で、いつも沖に進む彼を私が空から見ている構図だった。幸せそうに彼は海のなかを進む。天を見上げ彼は本当に幸福そうな顔をしている。そんな顔で彼は天国に行ったのではないか。そう思うようになった。

記憶のなかの絹香の顔が曖昧になり始めると、私は一枚だけ撮った携帯のフォルダのなかの彼女を見た。その輪郭を指でなぞり、携帯を頬に当てた。そのとき、台所のほうでガシャリと音がした。台所に向かうと流しの上の窓がギザギザに割れている。流しには野球の硬球がひとつ転がっていた。慌てて玄関ドアから外に出る。近くに人の気配はない。海岸から飛んできたのかもしれなかった。けれど、誰かが私のことをどこかから見ているような気がした。もういいか。玄関ドアを閉めて、球を手にしながら私は思った。この家を出てもいいか、と。そう思ったら、せいせいとした気持ちがわき上がってきた。

新宿の町は、いつもの猥雑さを残しながら、新しい町に変貌を遂げようとしていた。

真夏の都心の過酷さを海暮らしで忘れていた。体温に近いような猛暑だ。アスファルトが溶けるような熱い空気の膜に包まれながら前に進む。ペットボトルの水を飲んでも瞬時に汗になる。いくら飲んでも足りなくて私は幾度も水を買った。饐(す)えた生ゴミのにおい。破けたゴミ袋からはみ出した生ゴミを黒い鴉(からす)がついばんでいる。そこはいつもの新宿二丁目で、私は開店前のバーや飲み屋を一軒、一軒あたった。手がかりは携帯に残された一枚の写真しかない。店の人間に、

「この子を知りませんか？」

と尋ねると、どこの店でも不穏な笑みを返された。

「電話すればいいだけの話じゃない」

「電話にはでないんです」

「あんたストーカー？　着拒までされたらいい加減あきらめなさいよ」

彼女の言うとおりだった。自分のやっていることが常軌を逸していることは自分でもわかっている。夜通し、そんなふうに歩いた。蔑まれ、罵倒され、時には犬のように追い払われた。今日はもう無理と思ったら、三丁目のビジネスホテル、窓の外には壁が見える部屋でベッドの上に横になった。

絹香に、もう一度、どうしても会いたかった。クーラーで過度に冷やされた部屋のなかで、今まで自分が愛してきた人の顔を一人ひとり思い浮かべた。男、女、女、男……。どの相手とも向き合わなかった。みんな、私のなかに、あとを残していった、と絹香には話したが、あとを残したのは自分だ。自分がいちばんに守ったのは自分自身で、相手に傷を残した。そんなふうに大事に守ってきた自分とはいったい何なのか。まるで空虚な玉葱だ。皮を剝いていっても中心に固い種があるわけでもない。私はそれに生まれて初めて向き合っているのかもしれなかった。生が続くのなら、私のなかに広がる空洞に何かを満たしていきたい。今から自分が変われるのかどうかはわからない。けれど、絹香にもう一度会えるのなら、まずはありのままの自分を知ってほしかった。

昨日は東京西部にある実家に寄った。父は五年前に亡くなった。母は耳が遠くなったこと以外、どこにも悪いところはなく、頭もしっかりしている。けれど、補聴器をつけたがらないので、自然、会話は大声の一方通行になる。久しぶりにやって来た私の顔を見て、

「まだ若い、まだ若い」とくり返す。

「再婚したって子どももまだ産める」

と恐ろしいことを言う。子ども！　まさか！

「おじさんが恵美に会わせたい人がいるって」

「……」

思わず私は口を噤んだ。こういうお節介が正しく機能していた時代もあったのだ。でも今はもう。一度は母の言うことを聞いた。それで、もう十分だろう。私は大声で叫ぶように母に向かって言った。

「お母さん、私は男性に興味がないの。女性が好きなの。真之さんと結婚して自分の人生も真之さんも騙し通せると思っていた。真之さんにも悪いことをした」

「……」

母は聞こえていないのか何も言わず、テーブルの上の麦茶を啜る。

「私はもう残りの人生、好きに生きるの。お母さんにだってもう邪魔されない」

「……」

私は母の耳に口を近づけて叫んだ。

「お母さん！　私もう行くね！　どうしても探したい人がいるの。その人に会わないといけない。彼女に会わないと私の人生始まらないの！」

そう言って家を出た。母は私の顔すら見なかった。もしかしたらすべて聞こえていたのではないか。それならそれでよかった。

翌日はまた、夕暮れになると、携帯の写真一枚を手がかりに絹香を探した。

彼女が勤めていたといったバーはなんという名前だったのか？　それを聞いておかなかった自分を悔いた。歩き疲れて、そばの店に飛びこみ、強い酒を一杯だけあおった。自分よりもたいそう若い女性同士のカップルを見るともなしに見ていて、絹香が今、自分の知らない誰かとどこかにいるのかと思ったら、嫉妬で目の前が赤くなった。

「嫉妬した恵美さんを見せて」

いつかの絹香の声が耳をかすめる。

汗が引いたところで、再び路上に出た。アルコールが全身にまわっている。久しぶりに履いたヒールの靴で踵はひどい靴擦れを起こしていた。痛みに耐えきれず、靴を脱ぎ、素足でアスファルトの上に立った。昼間の熱がまだそこにこもっている ことが恐ろしかった。私が素足で立っていようと、道行く人はまるで気にとめない。

そうだ、ここはそういう町だった。

手にしていた携帯を出して、もう何度目になるのか、絹香の携帯に電話をかける。呼び出し音がなる。留守番電話サービスにもなっていない。五回、十回、十五回。出るはずもないのに、電話を切ることができなかった。情けないことに涙が滲む。そのとき、聞こえるか聞こえないかくらいの声がする。もしもし。もしもし。声がする。

「絹香、今、どこにいるの？」

「それはこっちの台詞だよ。恵美は今どこにいる？」

「新宿……」そう口にした瞬間、額に汗が流れた。

はははは と、絹香の笑い声が耳元で弾けた。

「私は今、どこにいると思う？」

また、絹香の声が遠くなった。水音。いや、これは波だ。何かを踏み潰すような音。絹香の素足が波を踏む音。潮騒。海鳴り。海が奏でるいくつもの音。

「絹香、もっと波の音を聞かせて」

携帯を海に近づけてくれたのかもしれなかった。波が寄せて返す音。水が泡立ち渦巻いて、沖に、深海に引き返していく音。

「もっと聞かせて」

私は真夏の新宿の路上に突っ立ったまま、携帯ごしの波の音を聞いていた。昨日、母に叫んでいたような大声で私は言う。

「好き。あなたのことが好き」

絹香の声は聞こえず、波の音ばかりが聞こえる。汗みずくのワンピースのまま私は路上に立っている。

「そんなことに今、気づいたの？」

絹香の声が遠くに聞こえる。

「ずっと前から気づいていた。あなたにもっと前に伝えるべきだったの」

ふふん、と絹香の不敵な笑い。それすらも愛おしかった。

「二人同時に帰ったらまた永遠に会えなくなる。私が新宿に戻るから。そこで待ってて」

けれど、電話は切れなかった。絹香も電話を切ることができなかったのかもしれない。波の音が大きくなったり、小さくなったりした。私はそれを聞きながら、道路の隅に素足で蹲(うずくま)り、踵にうっすら滲んだ血の色をずっと見ていた。

文春文庫

二周目の恋

定価はカバーに表示してあります

2023年7月10日　第1刷

著　者　一穂ミチ　窪美澄　桜木紫乃　島本理生　遠田潤子　波木銅　綿矢りさ

発行者　大沼貴之

発行所　株式会社　文藝春秋

東京都千代田区紀尾井町3-23　〒102-8008
TEL　03・3265・1211㈹
文藝春秋ホームページ　http://www.bunshun.co.jp

落丁、乱丁本は、お手数ですが小社製作部宛お送り下さい。送料小社負担でお取替致します。

印刷製本・凸版印刷

Printed in Japan
ISBN978-4-16-792063-0